KB032870

영업
사원

김유빈

영업 사원 김유빈 2

뇌달 장편 소설

초판 1쇄 찍은 날 | 2017년 1월 16일
초판 1쇄 펴낸 날 | 2017년 1월 23일

지은이 | 뇌달
펴낸이 | 예경원

기획 | 위시북스
편집책임 | 박우진
편집 | 이즈플러스

펴낸곳 | 예원북스
등록번호 | 제396-2012-000132호
등록일자 | 2012. 7. 25
KFN | 제1-062호

주소 | 경기도 고양시 일산동구 호수로 646-24 위너스21 Ⅱ 빌딩 206A호 (우)10401
전화 | 031-819-9431 팩스 | 031-817-9432
E-mail | yewonbooks@naver.com

ISBN 979-11-6098-008-0 04810
        979-11-6098-006-6 (set)

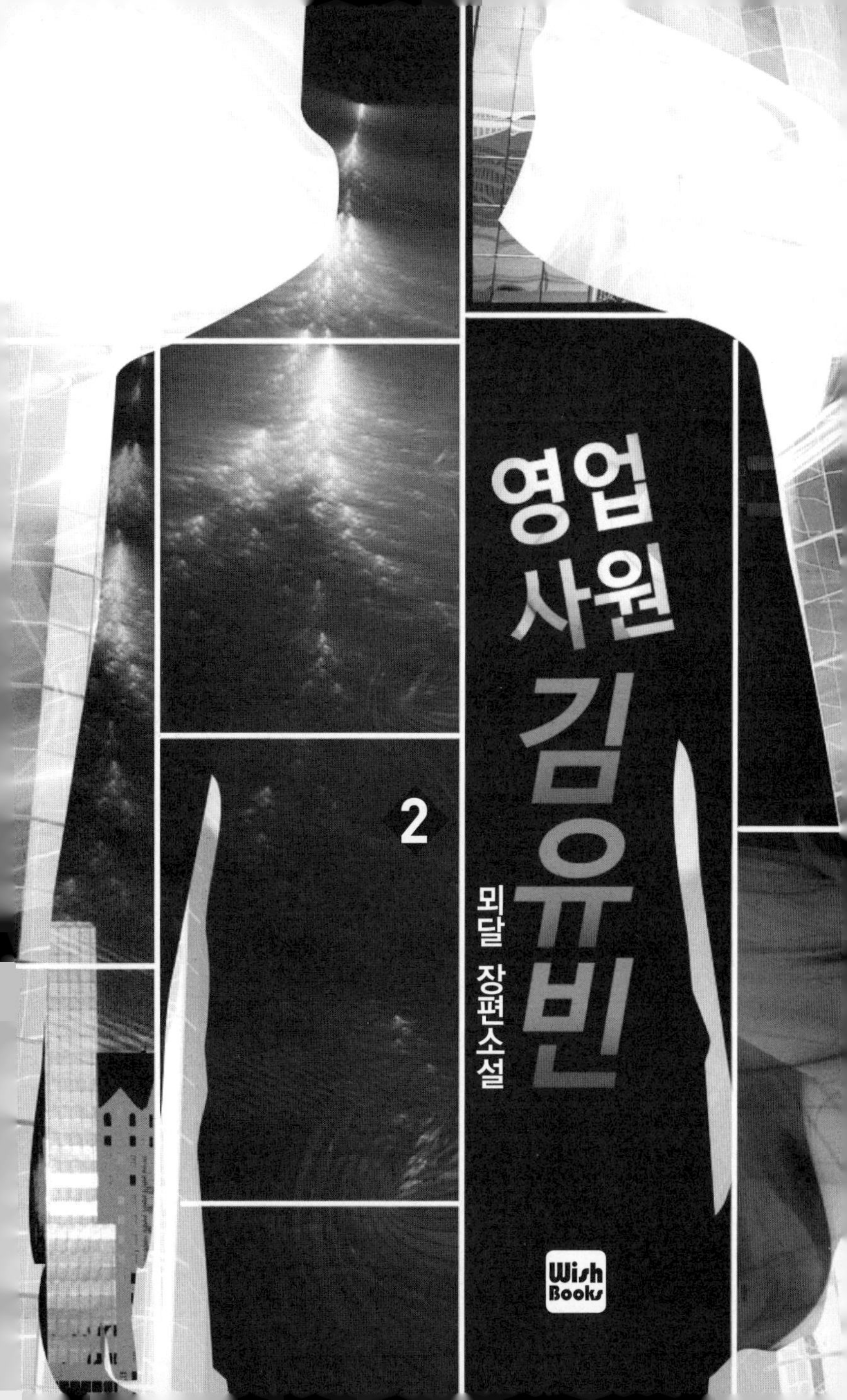
영업사원 김유빈
2
뫼달 장편소설
Wish Books

영업
사원

김유빈

CONTENTS

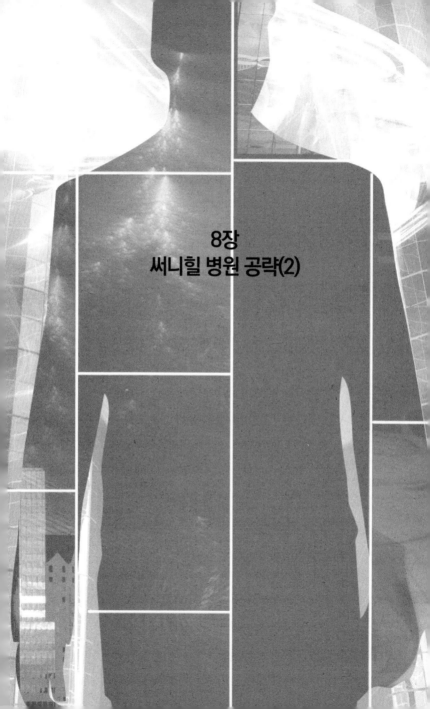

8장
써니힐 병원 공략(2)

소주가 달았다.

아니, 단 건 소주가 아니라 도전한 자만이 얻을 수 있는 성취감이었다.

하나 영업을 한다고 해서 모든 사람이 느낄 수 있는 기분이 아니었기 때문에 더 달게 느껴졌다.

유빈은 성취감을 천천히 음미하기에 앞서 마주 앉아 있는 사람의 궁금증부터 해결해 줘야 했다.

40대 초반의 아저씨가 부담스러운 눈빛으로 유빈을 응시하고 있었다.

지점장의 무언의 닦달에 유빈은 소주잔을 기울이며 천천히 이야기를 시작했다.

유빈은 강북구를 맡자마자 써니힐병원을 첫 번째 목표로 삼았다. 압도적인 영업 성과를 내기 위해서는 꼭 공략해야 할 곳이었기 때문이다.

전임자로부터 얻은 정보로는 써니힐병원은 난공불락의 요새나 다름없었다.

어떤 MR도 뚫지 못한 병원.

유빈은 오히려 그런 써니힐병원이 고마웠다. 다른 사람한테 뚫리지 않고 지금까지 잘 버텨 줬기 때문이었다.

유빈은 다른 지역을 놓치지 않으면서 틈틈이 써니힐병원의 주변을 탐문했다.

가장 먼저 한 일은 정보 수집이었다.

홈페이지에도 들어가 보고, 처방 데이터를 얻기 위해 문전 약국에도 수시로 방문했다.

철벽이라는 명성에 걸맞게 병원만큼이나 문전 약국의 약사도 까다로웠지만, 유빈이 약사의 마음을 훔치는 데는 긴 시간이 걸리지 않았다.

사무동에 처음 들어간 날에 유빈은 이미 써니힐병원에 대해 많은 정보를 가지고 있었다. 물론 그 정보 안에는 사무장이 재수 없다는 사실도 들어 있었다.

사무장과의 대화에서 많은 MR이 사무동을 방문한다는 사실을 알 수 있었다. 동시에 MR이 도달할 수 있는 레벨도 사무동까지임을 확인했다.

레벨업을 하기 위해 유빈은 전생의 영업 경험으로부터 힌트를 찾아 헤맸다.

고객이 영업사원을 싫어하는 이유는 무엇일까.

유빈이 사회에 막 나와서 수많은 사람으로부터 거절당하며 되뇐 질문이었다.

필요 없는 물건을 팔기 때문에? 시간을 빼앗기 때문에?

그런 이유도 있겠지만, 더 깊숙이 들여다보면 근본적인 이유는 낯선 사람이 자신의 영역 안으로 침범하려 하기 때문이다.

일반적인 영업과 제약영업에는 분명한 차이가 있지만, 써니힐병원 원장이 MR을 만나는 것을 거부하는 이유도 크게 다르지 않을 것이다.

유빈은 두 가지 가능성을 유추했다.

첫 번째. 원장은 MR이 불필요하다고 생각할 수 있었다.

두 번째. 원장이 결벽증에 가까운 성격일 경우 제약회사와 엮이는 것 자체를 싫어할 수 있었다. 리베이트라는 단어 자체가 나올 일을 원천 차단하는 것이다.

유빈의 판단으로는 두 가지 가능성을 한 번에 해결할 수 있어야 써니힐병원의 원장을 만날 수 있었다.

쉽지 않은 일이었다.

고민하던 유빈은 이외의 물건에서 실마리를 찾을 수 있었다.

'왜 내분비학회지를 요청했을까?'

사실 의사는 학회의 내용에 관심이 있어서라기보다 일 년에 필요한 연수 평점을 획득하기 위해 학회에 참석하는 경우가 많았다.

그런데도 원장이 내분비학회지를 신청했다는 것은 우선 참석 자체를 하지 못했다는 사실과 내분비학회지의 내용 자체에 관심이 있다는 것을 의미했다.

참석하지 못했다는 것은 주말에 열리는 학회 참석이 힘들 정도로 병원이 바쁘다는 추측을 할 수 있었다.

유빈은 써니힐병원의 사무동에 들어가기 전에 학회지를 펴 연수강좌 프로그램을 살폈다.

세션1 난임

세션2 폐경 및 골다공증

세션3 피임, 미성년

세션4 자궁내막증

세션5 HPV Vaccination의 최신 지견@

세션 다섯 개 중에 세 개의 세션이 담당하는 제품과 관련이 있었다.

유빈이 회심의 미소를 그렸다. 머릿속에서 써니힐병원을 공략하기 위한 그림이 그려지기 시작했다.

덜렁 프레젠테이션 화면을 나열한 내분비학회지로는 무슨 내용인지 제대로 알 리 없었다.

바쁜 병원 스태프을 위해 내분비학회 관련 강연을 제안한다면 세미나를 기꺼이 받아들일 가능성이 있었다.

여기까지 이야기를 듣던 이혁 지점장이 유빈의 말을 끊었다.

"브라보! 한잔하자. 여기서는 한잔해야 해!"

내분비학회지 하나로 이 정도로 병원 상황을 추론해 방법을 생각해 내다니. 들을수록 보통 녀석이 아니라는 생각만 들었다.

유빈은 영업사원에게 꼭 필요한 덕목을 실천하고 있었다.

고객의 니즈를 파악하는 것.

가장 기본적인 것이지만 또한 가장 어려운 것이었다.

이혁은 정신없이 계속되는 유빈의 이야기에 빠져들었다.

유빈은 일단 병원이 필요로 하는 것을 확인했다.

지금까지의 생각을 확인하기 위해 유빈은 황연희의 도움

을 받았다.

황연희가 만난 써니힐병원의 원장은 일 년 전에 출시한 피레논에 대해 아예 모르고 있었다. 최신 처방 트렌드에 대해 업데이트가 안 되어 있음을 실제로 확인한 셈이었다.

약국에서 나오는 처방 데이터도 사실을 뒷받침해 주고 있었다.

"네 동기 황연희? 걔한테 진짜로 처방을 받아 달라고 했어?"

"네, 여자 친구라도 있었으면 부탁했겠지만, 지점장님도 아시다시피 제가 솔로이지 않습니까."

"허, 이런 골 때리는 녀석을 봤나."

다들 한 번씩은 생각해 보는 거지만, 그걸 실제로 실천하다니. 그것도 자신이 세운 가설을 확인하기 위한 절차라는 것이 놀라울 뿐이었다.

이혁 지점장이 감탄으로 고개를 절레절레 저었다.

아무리 중요한 일이라지만 이 정도로 제 일에 정성을 쏟는 MR이 있을까?

그것도 남들이 다 쉬는 토요일에 동기한테 부탁까지 하면서?

이혁 지점장은 오랜 시간 동안 업계에 몸을 담고 있었지만, 자신에게 반문할 수밖에 없었다.

'나는 김유빈 정도로 열심히 일하고 있는가'라고.

사실 확인을 했으니 그다음으로 필요한 것은 강연을 해 줄 사람이었다. 학계에서도 인정을 받으면서 관련 내용에 전문가인 사람.

바로 대학 병원의 교수였다.

하지만 그냥 대학 병원의 교수로는 부족했다.

유빈은 이혁 지점장을 통해 써니힐병원이 리퍼를 보내는 대학병원을 알아냈다.

아무리 큰 여성병원이라도 리퍼를 보내는 케이스는 반드시 있기 때문이었다.

'MR을 만나기 싫어한다면 무대만 만들어 주고 뒤로 빠져줘야지. 그것도 절대 거절할 수 없는 무대를.'

실패는 있을 수 없었다. 한 번만 삐끗해도 다시 기회가 올지 장담할 수 없었다. 그러기 위해서 유빈은 과할 정도로 확실한 결과를 도출할 수 있는 장치를 마련했다.

유빈은 이인규 교수가 모임을 주도한다는 취지로 그를 설득했다.

리더십이 남다르고 다른 사람에게 인정받으려는 그의 성향을 의도적으로 자극했다.

이인규 교수는 유빈이 제네스의 제품 설명회를 요구할까

봐 망설였지만, 유빈은 애초부터 제품 설명회를 할 생각이
없었다.

조수인 원장이 제약회사에 대한 결벽증이 있다면 제품설
명회를 들으며 밥을 얻어먹는 모임에 참석할 가능성이 작아
지기 때문이었다.

이인규 교수가 승낙함으로서 유빈은 자신의 존재를 최대
한 숨기고 써니힐병원에 접근할 수 있게 되었다.

유빈의 의도대로 써니힐병원의 대표 원장은 학교 선배이
자 리퍼를 보내는 병원의 수장인 이인규 교수의 제안을 흔쾌
히 받아들였다.

조수인 원장으로서는 절대 거절할 수 없는 제안이었을 것
이다.

제약회사가 연상되는 물건도 최소화했다. 볼펜도 회사 것
이 아닌 일반 볼펜을 놓고, 본부장의 참석도 막았다.

포인트는 제품 설명회가 아니었다.

제품 설명회 후에 있을 두 병원 스태프들 간의 대화가 중
요했다.

세미나는 차근차근 진행되었다. 장소와 일시가 정해지고
강의할 교수도 정해졌다.

그 이후로 유빈은 은산병원으로 매일 출근했다.

이인규 교수를 도와 자신과 제네스의 제품에 대해 좋게 말

해 줄 조력자를 만들어야 했다. 자신 대신 영업을 해 줄 사람 말이다.

바로 강연을 하게 될 홍라선, 고영진 교수였다.

이렇게 바로 써먹을 줄은 몰랐지만, 유빈은 제네스에 입사한 후로 두 군데 학원에 다니고 있었다.

스피치 학원과 컴퓨터 학원이었다.

자주 제품 설명회를 해야 하는 MR에게 스피치 훈련은 꼭 필요한 것이었다.

마찬가지로 엑셀과 파워포인트는 잘하면 잘할수록 좋았다.

몇 달간 학원에 다니면서 파워포인트에 익숙해진 유빈이 두 교수에게 제안한 건 강의 자료를 세련되게 바꾸는 일이었다.

의사들이 만든 파워포인트는 사진의 사용도 자연스럽지 않을뿐더러 꾸밈이 전혀 없었다.

누가 봐도 잠이 쏟아질 것 같은 학회용 프레젠테이션이었다.

유빈이 만든 세련된 샘플을 보고 두 교수는 흔쾌히 승낙했다.

또한, 교수로부터 파일을 건네받은 유빈은 강연 내용을 확인할 수 있었다.

각각의 교수가 어떤 부분을 강조하는지. 어떤 식의 처방을 선호하는지를 확인할 수 있었다.

써니힐병원과의 세미나가 아니더라도 은산병원에서 영업하는 데 소중한 자료를 얻은 셈이었다.

유빈은 진중함을 잃지 않으면서 세련되게 파워포인트 파일을 업그레이드시켰다.

자료를 받은 두 교수는 매우 흡족해했다.

업그레이드된 강연 자료를 보여 주면서 유빈은 틈틈이 제네스 제품의 디테일링을 함께하는 것을 잊지 않았다.

동시에 강의 자료에는 표현되지 않았지만, 만약 질문을 받는다면, 제네스 제품을 언급할 수 있도록 부탁했다.

두 교수는 기본적으로 열심히 하는 유빈에게 호감이 있었고, 프리젠테이션 자료도 도움을 받았기 때문에 유빈을 도와줄 마음이 있었다.

물론 오라의 도움도 있었다.

아무리 강력한 오라의 힘이라도 반대로 생각을 하는 사람의 마음을 바꾸기는 힘들었다. 하지만 이미 반 이상 문지방을 넘어온 사람을 완전히 넘어오게 하는 것은 쉬운 일이었다.

사람의 심리라는 건 참 신기하다.

공부하려고 하다가도 누가 공부하라고 강요하면 하기 싫

어지는 게 사람이다.

강연 자체에서 직접 제네스 제품을 홍보했다면 써니힐병원 스태프도 작게나마 반감이 생겼을 것이다. 강요당하는 느낌이 들기 때문이었다.

하지만 강의가 끝나고 질문과 답변을 통해 듣는 이야기라면 달랐다.

대학병원 교수가 자주 처방하는 약품이라면 로컬병원 원장들이 사용하지 않을 이유가 없었다.

"잠깐만, 그럼 두 분 교수님이 식사하면서 우리 약품을 유빈이 너 대신에 홍보해 줬다는 이야기네?"

이혁은 이제야 이해가 갔다.

이혁과 유빈이 밖에서 밥을 먹는 동안 방 안에서 어떤 대화를 주고받고 어떤 일이 벌어졌을 거라는 그림이 상상이 되었다.

"제가 부탁을 했거든요. 써니힐병원에서 예전에 쓰던 약품을 주로 처방하는 것 같다는 이야기도 슬쩍 흘렸습니다. 사람이라는 게 그렇잖아요. 다른 사람에 비해 우월감을 느끼고 싶어 하잖아요. 교수들 입장에서는 최신 약품을 설명해 주면서 그런 기분을 가질 수 있죠."

"허……."

이혁은 더는 감탄할 말도 떠오르지 않았다.

"그리고 누군가는 프레젠테이션 파일에 대해서도 칭찬을 했겠죠. 제가 정말 공을 들였거든요. 교수님은 제가 도와줬다는 말을 살짝이나마 했을 거고 써니힐병원 스태프들은 MR이 그런 것도 도와주는구나 하며 필요성을 느꼈을 겁니다."

유빈의 치밀함에 지금까지 마신 술기운이 다 날아가는 기분이었다.

사람의 심리부터 작은 볼펜까지 유빈이 하나하나 얼마나 공을 들였는지 뒤늦게 알게 된 것이었다.

"그리고 그런 자리에 저희가 끼어 있으면 오히려 역효과가 났을 겁니다."

칭찬하는 대상이 바로 옆에 있는데 계속 금칠을 하기에는 무리가 있었다.

유빈이 신경 쓴 모든 장치는 효과를 극대화하기 위한 것이었다.

결국, 그의 치밀한 계획은 조수인 원장의 제품 설명회 요청으로 마무리되었다.

더는 잘될 수 없는 결과였다.

술자리를 끝내고 대리기사를 기다리며 이혁이 진지한 표정으로 유빈의 어깨를 잡았다.

"유빈아, 앞으로 네가 하는 일은 전적으로 믿고 밀어주마. 후…… 네가 그렇게까지 신경을 썼을 줄은 미처 몰랐다."

"뭘요. 지점장님이 믿어 주지 않았다면 결코 성공하지 못했을 겁니다."

"하하. 그렇지 않아. 가끔은 겸손하지 않아도 돼. 오늘 같은 날은 특히. 넌 충분히 잘난 척할 자격이 있어! 아니, 넌 잘났어!"

"지점장님, 대리기사님 왔네요. 오늘 고생하셨습니다. 조심히 들어가세요."

"아휴, 나만 취한 거냐? 너는 왜 그렇게 멀쩡한데? 아무튼, 수고했다. 들어가서 쉬어. 껙."

유빈은 멀어지는 지점장의 차를 오랫동안 쳐다봤다.

'고맙습니다. 지점장님.'

누군가에게 인정받는 것은 기분 좋은 일이었다.

아직 머리의 열기가 식지 않은 유빈이 조금씩 흥분을 가라앉히며 천천히 걸어서 집으로 향했다.

걷다 보니 머릿속에 떠오르는 얼굴이 있었다.

"주서윤…… 지금 전화하면 너무 늦겠지?"

그녀가 아니었다면, 결과가 달라졌을 수도 있었다.

유빈이 지점장에게 말하지 않은 한 가지 장치가 더 있었다.

본사에서 주서윤과의 만남으로 우연히 오라의 뛰어난 효

과를 확인한 유빈은 교수들의 강연 내내 방을 오라로 뒤덮었다.

피로에 지쳐 있던 써니힐병원 스태프들도, 옆에 앉아 있던 지점장도 오라의 효과에 활기를 느꼈다.

오라가 의사들이 강연에 집중할 수 있도록 한 일등공신이었다.

하지만 큰 공간을 그렇게 오랜 시간 동안 오라를 유지해 본 적이 없었던 유빈은 강연이 끝나자 숨이 막혀 왔다.

무리한 탓에 부작용이 나타난 것이었다.

다행히 바로 회복은 되었지만, 아찔한 순간이었다.

"그래도 한번 전화해 볼까?"

술에 거의 영향을 받지는 않았지만, 기분 좋은 알딸딸함이 유빈에게 용기를 주었다.

유빈이 전화기 버튼을 누르자 연결음이 울렸다.

ー유빈 씨, 웬일이에요? 이 시간에 전화를 다 하고?

그녀의 부드러운 목소리를 들으니 종일 쌓였던 긴장감이 날아가는 것 같았다.

"아니, 그냥요. 뭐 하는가 해서요."

ー네? 호호. 그냥 한 거예요?"

"네, 그냥요. 하하."

집으로 향하는 유빈의 발걸음이 가벼워졌다.

"할 수 있어."

유빈이 마음을 다잡고 써니힐병원으로 들어갔다.

써니힐병원은 월요일 오전 진료 시작 전, 한 시간 동안 회의를 한다. 조수인 원장이 그중 삼십 분을 유빈에게 할애해준 것이다.

그것도 3주 연속.

일개 영업사원에게는 파격적인 기회였다.

은산병원과의 세미나 전과 후의 대접이 완전히 바뀌어 어리둥절할 정도였다.

조수인 원장의 제안을 듣고 유빈은 임팩트 있는 프레젠테이션을 준비했다.

흥미로운 동영상은 물론이고 최근 세계학회의 임상 동향도 빠뜨리지 않았다. 보기에는 쉬워 보일 수 있으나 정성이 필요한 작업이었다.

첫째 주에는 자궁내장치인 엔젤로, 둘째 주에는 폐경 호르몬제 젤레크, 그리고 마지막 주에는 피임약인 피레논의 제품 설명회가 있었다.

인사말을 시작으로 제품 설명회가 시작되었다.

유빈은 그동안 스피치 학원에서 갈고닦은 실력으로 도입

부에서 부드럽게 본론으로 넘어갔다.

맑은 기운의 오라를 세미나실에 퍼뜨리는 것도 잊지 않았다.

시작할 때 원장들의 표정에는 별다른 기대가 없었다. 월요일 아침이라 졸리고 귀찮은 표정이 역력했다.

영업사원이 발표를 잘한다 해도 그들 입장에서는 그저 영업사원일 뿐이었다.

게다가 아무리 은산병원과의 세미나에서 유빈에 대해 좋은 이야기를 들었다 해도 아직 그들 사이에는 친밀감이 존재하지 않았다.

하지만 프레젠테이션이 진행될수록 앉아 있는 자세가 바뀌었다. 의자 깊숙이 기대 있던 원장들은 자기도 모르게 화면과 유빈을 향해 몸을 기울였다.

처음 본 세계임상학회 결과와 그것을 보기 쉽게 풀어내는 유빈의 발표가 귀에 쏙쏙 들어왔다.

지금 설명하는 약품이 좋은 제품이라는 유빈의 확신이 원장들에게도 전해져 왔다.

방 안의 분위기가 달라진 것을 유빈도 느낄 수 있었다.

한층 힘이 난 유빈은 여유를 가지고 계속 진행했다.

'어디 보자. 저 원장님은 월경 과다에 관심이 많구나.'

여유가 생기자 프레젠테이션을 하면서도 원장들의 표정과

반응을 일일이 체크할 수 있었다.

후에 폴로업할 때 유용한 디테일링 거리가 될 수 있었다.

질문을 받기 위해 이십 분으로 계획한 발표 시간을 딱 맞춰 끝냈다. 수없이 프레젠테이션을 연습한 결과였다. 유도한 것도 아닌데 원장들에게서 저절로 박수가 나왔다.

기분이 좋았다. 제품 설명회에서 박수가 나오는 경우는 드물었다.

박수를 받을 거라고는 전혀 예상하지 못했다.

"경청해 주서서 감사합니다. 혹시 질문 있으신가요?"

유빈은 십 분을 남겨 놓았지만, 질문은 한두 개 정도 나올 것으로 예상했다.

발표에 오류가 있으면 그걸 집어 주는 의사는 있어도 영업 사원에게 심도 있는 질문을 하는 의사는 거의 없었다.

하지만 유빈의 예상이 다시 한 번 틀렸다.

원장들의 질문이 꼬리를 이었다.

유빈은 최대한 요점만 간단히 답했지만, 질문 시간으로 남겨 놓은 십 분으로는 시간이 턱없이 부족했다.

"잠깐만요. 여기까지 해야겠네요. 오전 진료 시간에 늦으면 안 되겠죠? 유빈 씨가 제안한 엔젤로 프로그램은 의견을 반영해서 다음 달부터 운영하는 쪽으로 하죠."

시간이 지체될 것 같자 조수인 대표 원장이 세미나를 마무리했다.

　그녀 또한 더 시간이 있었으면 하는 아쉬운 표정이었다. 질문하지 못한 원장이 아쉬운 표정으로 들고 있던 손을 내렸다.

　"몇몇 분들은 더 질문할 게 있는 것 같은데, 김유빈 씨에게 일대일로 물어보시기 바랍니다."

　조수인 원장의 말의 뜻이 명확하지 않았다.

　일대일로 물어보라고? 진료실에도 들어가지 못하는데 어디 병원 밖에서 따로 만나기라도 하란 말인가.

　"저, 원장님 일대일이라니 무슨 말씀이신지……?"

　유빈이 궁금해하는 것을 원장 중 한 명이 대신 물어 줬다.

　"유빈 씨에게 진료실에 들어갈 수 있는 권한을 준 겁니다. 단, 진료 시간이 끝난 이후에만 방문해 주세요."

　"알겠습니다. 원장님."

　가슴이 떨렸다. 유빈이 처음부터 써니힐병원에 원했던 것은 이벤트 성의 세미나가 아니었다.

　유빈은 MR 중에 처음으로, 그리고 유일하게 정기적으로 써니힐병원에서 의료진을 만날 수 있게 된 것이었다.

　"프레젠테이션 좋았어요."

　조금 연세가 있는 남자 원장이 어깨를 툭툭 두드려 줬다.

　"감사합니다. 원장님."

젊은 여원장도 나가면서 인사를 잊지 않았다.

"볼펜 몇 개 더 없나요? 이게 예쁜 것 같은데."

"다음에 방문할 때 챙겨 오겠습니다."

"궁금한 게 있으니까 진료실 들를 때 볼펜도 가져와 주세요. 호호."

조수인 원장의 눈치를 보던 다른 여원장이 작은 소리로 급하게 물었다.

"그런데 김유빈 씨, 이것만 짧게 물어볼게요. 엔젤로는 호르몬이 조금씩 나오는 IUD잖아요. 5년 동안 피임 효과가 유지되나요?"

"네, 5년간은 일정하게 호르몬이 분비되지만, 그 이후에는 완전히 안 나오는 게 아니라 분비량이 줄어들게 됩니다. 그러니까 5년 전후로 교체하거나 제거해 주시면 됩니다."

"아, 그렇구나. 고마워요."

다른 원장들도 회의실에서 나가면서 유빈에게 한마디씩 했다. 대부분이 세미나의 내용에 만족스러운 표정이었다.

조수인 원장은 그런 유빈과 자신의 스태프들을 향해 미소를 보냈다.

처음에는 이인규 교수 때문에 어쩔 수 없이 승낙한 세미나였지만, 그로 인한 결과는 너무나 만족스러웠다.

사실 몇 년간 바쁘다는 핑계로 다른 원장들과 회식을 제대로 한 적이 없었다.

게다가 리퍼를 보내는 은산병원도 늘 마음에 걸렸었다. 그리고 원장들이 목말라 있던 최신 지견에 대한 갈증도 풀 수 있었다.

그녀로서는 어쩔 수 없이 승낙한 세미나가 일석삼조의 효과를 보인 것이다.

유빈이 뒤에서 이인규 교수를 설득한 것은 알고 있었다. 하지만 이제 어찌 됐든 상관없었다. 환하게 웃으며 이야기하고 있는 유빈이 예뻐 보이지 않을 수가 없었다.

3주간 연속으로 세미나를 치른 써니힐병원 원장들의 유빈에 대한 신뢰도는 처음과는 비교할 수 없을 정도로 높아졌다.

은산병원 교수들이 아무리 잘한다고 이야기를 해도 실제로 사람을 겪어 보기 전에는 알 수 없는 법이었다.

이번 세미나의 효과는 써니힐병원에만 국한된 것은 아니었다.

제품 설명회를 하기 위한 과정에서 은산병원 스태프와도 친밀도를 높일 수 있었다.

특히, 프레젠테이션을 도와준 홍라선 교수와 고영진 교수의 처방 변화가 기대되었다. 벌써 다음 달에 나올 DDD 자료가 기다려졌다.

써니힐병원 1층으로 내려오자 이른 아침인데도 대기실에는 환자가 가득했다. 자신의 병원이 아닌데도 유빈은 왠지 모르게 가슴이 뿌듯해졌다.

출입구를 지나 밖으로 나가는데 병원 사무동으로 들어가는 낯익은 남자가 지나쳐 가더니 고개를 갸우뚱하고는 다시 유빈의 앞으로 와서 섰다.

"김유빈? 너 김유빈 아니야?"

"오랜만이네요. 선배."

유빈은 처음 지나갈 때부터 상대방을 알아봤다.

남자는 백서제약에서 같은 팀이었던 김철환이었다.

들떠 있던 기분이 살짝 가라앉았지만, 과거의 인연 때문에 감정이 흔들릴 유빈이 아니었다.

김철환은 이동우 지점장이나 최한솔에 비해 자신을 아주 심하게 대한 사람은 아니었지만, 그 역시 왕따에 일조한 것은 분명했다.

"야, 이 자식 오랜만이네. 병원에는 어쩐 일이냐? 이 근처에 사냐?"

김철환은 마치 유빈이 아직도 자신의 후배라도 된다는 듯 굴었다. 지난 일은 이미 잊은 모양이었다.

유빈이 가만히 듣고만 서 있자 그는 주절거림을 멈추지 않았다.

"그러게 인마, 지점장님 비위 좀 맞추고 하지. 명절 때 지점장님댁 안 찾아간 사람은 너밖에 없는 거 알아? 아무튼, 지난 일은 이미 지난 일이니까. 이제라도 요령껏 하면 되지 뭐."

김철환은 늘 이런 식이었다.

분명 왕따의 주범은 아니었지만, 자기는 잘못이 없는 양, 챙겨 주는 척하며 속은 있는 대로 긁는 사람이었다.

"근데 밥은 먹고 다니냐? 어디 취직은 한 거지? 요즘 주변 사람들이 취직 안 된다고 다들 난리던데."

예전이라면 저 얄미운 말투에 아무런 대응도 하지 못했을 것이다. 예전이라면 말이다.

"밥은 잘 먹고 다닙니다. 그나저나 선배는 여기 웬일이에요? 아, 사무장님 만나러 오셨나 봐요?"

"뭐 그렇지. 영업은 이리 뛰고 저리 뛰어야 결과가 나오지. 근데 너는 진짜 여기 왜 왔냐?"

"최한솔이 말 안 했나 봐요?"

"뭘?"

"저 오늘 여기 일하러 온 겁니다. 오전에 세미나가 있어서 조수인 대표 원장님하고 다른 원장님들한테 제품 설명회 끝내고 나오는 길입니다."

"뭐, 뭐?"

평소에는 단추 구멍 같은 김철환의 두 눈이 더없이 커다랗게 변했다. 오전 세미나에, 제품 설명회라니 있을 수 없는 일이다.

입사 3년 차에 ERP(조기 퇴직 프로그램)가 결정된 유빈이다. 말이 ERP지 거의 쫓겨나다시피 한 녀석이었다. 당연히 제약업계에는 다시는 들어오지 못했을 거로 생각했다.

더욱이 아무도 뚫지 못했던 써니힐병원의 대표 원장과 원장 선생님들에게 제품 설명회를 했다니!

당장 김철환 자신만 하더라도 써니힐병원에서 만날 수 있는 사람은 사무장이 고작이었다.

유빈은 김철환의 표정에서 그의 생각을 읽을 수 있었다. 앞으로 이들에게 보여 줄 것들이 아주 많았다. 그 생각을 하니 기분이 더없이 좋아졌다.

"선배가 제 뒤를 이어서 강북구를 맡았나 봅니다. 같은 강북구 담당자니 오다가다 볼 수 있겠네요."

"네, 네가 강북구 담당자라고? 어디 회산데?"

"제네스 코리아입니다. 최한솔하고는 한 번 만났는데 말해 주지 않던가요? 백서제약에서의 경험 덕분에 더 좋은 회사로 이직할 수 있었습니다. 앞으로 선의의 경쟁 기대하겠습니다. 선. 배."

"제네스 코리아?! 그럼 네가 이번에 새로 온……!"

김철환은 기억이 났다. 저번 이동우 지점장과의 팀 미팅 때, 새로 노원구를 맡은 제네스 코리아 직원에 대한 언급이 있었다.

은산병원에서 이바돈과 디안트 점유율이 많이 떨어진 게 그 직원 때문이었다고 한다. 한데 그게 김유빈이었다니.

도저히 믿을 수 없는 일이었다.

아니, 있을 수도 없고 있어서도 안 되는 일이었다.

김철환이 말을 잇지 못하는 사이, 유빈은 씩 웃으며 김철 환의 코앞까지 다가갔다.

"써니힐병원은 아무리 사무동에 들락날락해 봤자 아무 소용없는 건 아시죠? 이동우 지점장한테 뭐라도 보고는 해야 겠고, 결과는 안 나오고 미칠 것 같죠?"

"뭐?"

김철환이 워낙 당황한 나머지 아무런 행동을 못 하는 사이, 유빈의 말은 계속 이어졌다.

"다음 달부터 강북구 실적 각오 좀 하셔야 할 겁니다. 이 바돈이 1960년대에 개발된 제품이라고 하니까 원장님들이 깜짝 놀라던데요?"

"뭐라고?"

"사실이잖아요. 그리고 많지는 않지만 디안트도 처방이 몇 개는 나오던데 이제 DDD에서 찾아보기 힘들 거예요. 그

안전성 문제가 아직도 해결이 안 된 것 같은데, 대책은 마련하고 영업하는 거죠?"

유빈은 구겨진 얼굴만큼 주름져 있는 그의 양복을 짝 펴 줬다. 유빈의 손이 몸에 닿았는데도 김철환은 정신적 충격으로 꼼짝을 못했다.

"그럼 수고해요, 선배."

"너, 너……."

"매년 명절 때 선물이나 사 가지고 가세요. 잘하는 게 그런 거잖아요."

김철환은 그제야 표정을 와락 구기며 삿대질을 했지만 이미 유빈은 등을 돌린 뒤였다.

백서제약 때는 단 한 번도 김철환뿐만 아니라 누구도 건드린 적이 없었다. 하지만 이젠 다르다. 그리고 앞으로도 자신을 건드린다면 더한 것도 할 생각이었다.

유빈은 충돌을 피할 생각이 없었다.

부딪혀도 이겨 낼 자신이 있었다.

유빈이 매력적인 미소를 지었다. 가슴 한편에 묵혀 있던 체증이 통쾌하게 사라졌다.

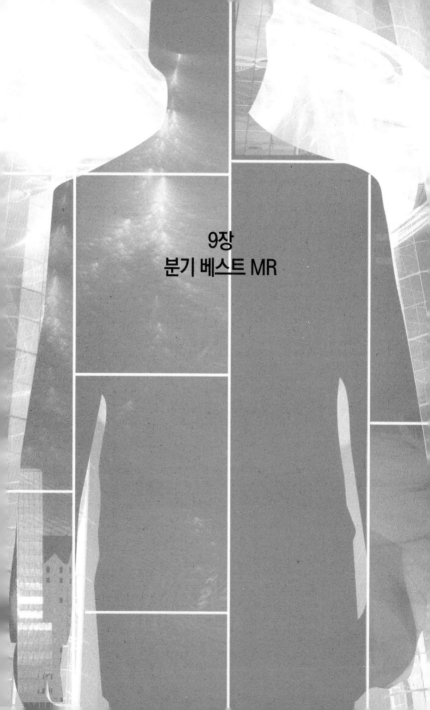

9장
분기 베스트 MR

　이혁 지점장은 써니힐병원의 세미나 일정이 끝나자 바로 본부장에게 보고했다.

　아무래도 상관이다 보니 같이 이야기하는 것 자체가 편하지는 않았다. 하지만 요즘처럼 기분 좋은 보고만 할 수 있다면 몇 번이라도 상관없었다.

　"그럼 써니힐병원은 제품 설명회까지 다 마무리된 건가요?"

　"네, 본부장님. 김유빈 씨 말로는 제품에 대한 의사들의 관심이 높았다고 합니다."

　장결희 본부장이 격하게 고개를 끄덕였다.

　입사 시험 성적과는 달리 실전에서 죽 쑤는 영업사원은 항상 있었다.

하지만 김유빈은 죽을 쓰기는커녕 차진 찰밥을 지어냈다.

유빈 전에 강북구를 맡았던 날고 긴다던 선배들도 포기했던 병원을 신입사원이 시원하게 뚫은 것이었다.

유빈이 대견하지 않을 수 없었다. 그리고 앞으로가 더 기대되었다.

"하하, 잘되었군요. 이게 MR이지. 진짜 제약영업이고. 이번 케이스는 김유빈 씨와 강북 2팀에게도 좋은 일이지만, 여성건강사업부 전체에도 자극제가 될 겁니다."

"저도 이번에 느낀 것이 많았습니다."

이혁은 순수하게 즐거워하는 본부장의 모습을 오랜만에 보는 것 같았다. 겉으로는 그저 사람 좋은 아저씨처럼 보이지만 장결희 본부장만큼 냉철하고 공사가 확실한 사람도 없었다.

"아직 DDD 자료가 나오지는 않았지만, 싸이클 미팅에서 신입사원이 발표하게 되겠군요."

장결희 본부장이 다음 달에 제주도에서 열릴 싸이클 미팅 일정을 확인했다.

"일단 DDD 자료가 나와 봐야 알 것 같습니다."

이혁은 겸손하게 이야기했지만, 그도 본부장과 같은 생각이었다. 써니힐병원이 아니었어도 유빈은 분기 베스트 MR이 될 가능성이 있었다.

"이 지점장, 나한테 고마워해야겠어요. 이 지점장만 김유빈 씨를 원하지 않았잖아요."

"다시 생각해 보니 아찔합니다. 제가 아직 사람 보는 눈이 부족한 것 같습니다."

"하하, 농담입니다. 그나저나 올해는 드디어 강북팀이 강남팀 아성을 깨는 거 아닙니까? 기대되는군요."

지점을 지역 기반의 강남, 강북으로 나뉜 이후도 베스트 영업 지점은 항상 강남에게 돌아갔다.

해가 지날수록 강남팀의 쿼터(목표치)도 그만큼 높아졌지만, 한 해가 끝나면 결과적으로 항상 강남팀 중에 달성률이 가장 높은 지점이 나왔다.

장결희 본부장도 본부장이 되기 전 강북팀 지점장으로 오래 일했기 때문에 대놓고 이야기하지는 않았지만, 속으로는 강북팀에 애정이 좀 더 있었다.

"써니힐병원이 있는 강북구에서 다음 달 DDD가 어떻게 나오는가를 지켜봐야 할 것 같습니다."

김칫국을 마시고 싶지는 않았지만, 이혁도 기대되는 건 어쩔 수 없었다.

유빈은 오랜만에 본사에 들어왔다.

거의 한 달 만이었다. 누구보다 먼저 회사에 들어오는 기분이 상쾌했다.

회의실에 앉자 곧바로 메일을 확인했다.

가슴이 두근거렸다. 오늘은 바로 6월 DDD 자료가 나오는 날이었다.

화면을 들여다보던 유빈의 얼굴에 미소가 번졌다.

영업의 매력 중 하나가 열심히 한 만큼 결과가 나온다는 점이었다. 실적은 늘 정직하다.

옆자리에서 비명이라고 해도 믿을 만한 소리가 들렸다.

"179%?!"

최정미의 목소리는 경악에 가까웠다.

8시 30분에 가까워지자 하나둘씩 도착한 강북 2팀 직원들도 DDD 자료를 확인했다.

"왜 그래요?

"아니, 김유빈 씨 지역이 얼마 나오나 궁금해서 봤는데…… 강북구가 179%네요. 그 써니힐병원 있는 곳이죠?"

최정미가 믿을 수 없는 눈초리로 유빈을 향해 물었다.

"네, 맞습니다. 운이 좋았던 것 같습니다."

최정미의 질문에 유빈이 겸손하게 대답했다.

"어머, 이런 달성률도 나올 수 있구나."

다른 사람들도 유빈의 실적을 확인했다.

강북구의 달성률이 179%! 아무리 강북구의 쿼터가 낮다지만, 179%면 목표치의 두 배 가까이했다는 뜻이었다. 전 달에 117%였으니, 한 달 만에 대략 60%가 오른 것이다.

써니힐병원이 있는 송천동에서 젤레크와 피레논의 처방량이 급증해 있었다. 엔젤로는 도매 자료로 따로 나오기 때문에 DDD 달성률과는 관련이 없었다.

만약 엔젤로의 증가율마저 달성률에 더해졌다면 더 대단한 숫자가 나왔을 상황이었다.

게다가 유빈의 전체 달성률은 146%였다.

1분기 베스트 MR인 강남 1팀 최석원이 평균 120% 후반을 달리고 있었고, 하위권의 직원은 95% 언저리에서 달성률이 나오고 있으니 그야말로 발군의 실적이었다.

"뭐야, 그럼? 김유빈 씨가 이번 달에 146%가 나왔으니까 석 달치 평균을 내면. 어, 오…… 최석원보다 앞서잖아?

최석원은 유빈 이전에 괴물 신입사원이라고 불릴 만큼 대단했다. 제네스 고시 성적뿐만 아니라 성과로도 충분히 인정받는 영업사원이었다.

최석원의 성과에는 그의 아버지, 제네스 코리아 최상렬 부사장의 도움도 있지만 그렇다고 해도 그의 성과는 절대 폄하할 수 없는 수준이다.

"네? 진짜요? 그럼 분기 베스트 MR이네?"

"대박!"

"유빈 씨, 축하해. 열심히 한 보람이 있네."

팀원들의 반응이 각양각색이었다. 홍정호만 무슨 생각을 하는지 아무 말 없이 자신의 노트북에서 눈을 떼지 않았다.

"유빈아, 수고했다."

직원들의 축하에 이어 지점장이 마지막으로 어깨를 두드려 줬다.

"아닙니다. 지점장님."

"이제 발표 준비를 해야겠는데?"

"발표 준비요?"

"싸이클 미팅 분기 베스트 MR 발표 준비 말이야."

베스트 MR!

얼마나 받아 보고 싶던 칭호던가.

비록 분기 베스트지만, 일 년도 분기가 쌓여야 만들어지는 것이다.

백서제약에서 받았던 설움이 조금이나마 녹아내렸다.

비록 3개월 일한 결과였지만 그 뒤에는 3년간 백서제약에서 굴러가며 일했던 땀이 포함되어 있었다.

써니힐병원은 이제 시작일 뿐이었다. 계속 관계를 발전시켜 나가면 200% 달성도 해낼 자신이 있었다.

스승님과 어머니의 얼굴이 머릿속에 떠올랐다. 그리고 또한 명의 얼굴도 같이 스쳐 지나갔다.

"김철환, 최한솔. 너희 개기냐?"

"……아닙니다!"

잔뜩 굳은 얼굴의 두 사람이 합창했다.

백서제약 강동지점의 다른 직원들도 눈 둘 곳을 못 찾았다.

"허, 노원구, 강북구, 도봉구, 의정부…… 아주 박살이 났구먼."

DDD를 보던 백서제약 이동우 지점장이 신경질적으로 넥타이를 풀었다.

"지점장님, 물 한 잔 드십시오."

그 와중에도 딸랑이 치는 애들은 꼭 있었다. 차석인 최 대리였다.

"내가 이해가 되도록 설명을 해 봐. 두 달 전부터 갑자기 실적이 꼬꾸라지는 이유가 도대체 뭐야?"

차가운 물을 마시고 조금은 진정이 되었는지 이동우는 논리적인 답변을 요구했다.

"노원구는 아무래도 한강대병원에서 타격이 컸고, 이번 달에는 무슨 일인지 은산병원에서도 실적이…… 별로였습니다."

입을 못 여는 김철환과는 달리 최한솔이 먼저 대답을
했다.

"무슨 일인지? 무슨 일인지? 참, 나 기가 막혀서…… 김철
환 너는?"

"……그게요. 지점장님. 김유빈이 조금 전에 말씀하신 지
역 담당자인 것 같습니다."

"누구? 김유빈? 걔가 누군데?"

"저번에 ERP로 쫓겨난 애 있지 않습니까. 김유빈이라고."

김유빈.

뇌리에서 삭제시킨 이름이었다.

다시는 듣지 않을 이름이라고 생각했다. 부하 직원이었지
만, 김유빈은 이동우에게 그저 한 번 쓰고 버리는 패였다.

"김유빈이 말씀하신 지역의 새로운 제네스 담당자인 것 같
습니다."

"……."

제네스라고?

겹치는 제품군이 많기는 하지만, 두 회사의 포지셔닝은 완
전히 달랐다.

백서제약이 인센티브와 단가 메리트로 영업을 한다면 제
네스는 제품 우위성으로 디테일링 위주의 영업을 하는 회사

였다.

"하하, 그 녀석이 새로운 제네스 담당자로 왔으면 오히려 잘된 거 아닌가? 요령 없이 일하는 녀석인데 제까짓 게 하면 얼마나 잘하겠어? 김철환, 핑계를 대려면 그럴싸한 거로 대 봐. 최한솔 봐 봐. 쥐뿔도 모르는 녀석이 당당하기라도 하니까 내가 하도 황당해서 뭐라고도 못하잖아."

"그게…… 얼마 전에 만났는데 완전히 다른 사람 같았습니다. 그리고 어떻게 했는지는 모르겠지만 써니힐병원도 뚫었더라고요."

김철환이 조심스럽게 대답했다.

"……."

냉소를 짓던 이동우의 말문이 막혔다.

"사실은 저도 얼마 전에 한강대병원에서 김유빈을 봤습니다."

가만히 있던 최한솔도 입이 간지러웠는지 참지 못하고 다시 입을 열었다.

"언제? 나한테 보고한 이야기야?"

이동우 지점장의 눈에서 불이라도 나올 것 같았다.

"그 한강대병원 심 교수님한테 불려 들어간 날에…… 별일 아닌 것 같아서 보고는 안 했습니다."

"내 눈으로 보기 전에는 못 믿겠다. 그리고! 너희 둘은 오늘부터 한 달간 일 끝나면 매일 본사로 들어와서 하나부터 열까지 빠짐없이 나한테 직접 보고해!"

"네, 알겠습니다……."

김철환과 최한솔이 합창하듯 대답하는 와중에도 이동우의 뇌리에는 김유빈이라는 이름이 깊게 각인되었다.

'김유빈이라…….'

유빈은 팀원들에게 일일이 감사를 표했다.

마치 자기 일처럼 축하해 주는 그들을 보니 제네스에 들어오길 잘했다는 생각이 다시 한 번 들었다.

그런 와중에 자신의 노트북만 뚫어지게 쳐다보는 홍정호의 굳은 얼굴이 눈에 들어왔다.

한편으로는 홍정호의 마음도 이해가 갔다.

자기가 맡아서 근근이 유지만 했던 강북구를 신입사원이 들어오자마자 터뜨렸으니 속이 쓰릴 만도 했다.

유빈은 다른 사람의 질문에 대답하는 척하면서 슬쩍 홍정호를 언급했다.

"제가 딱히 뭘 해서가 아니라 써니힐병원도 MR의 필요성을 느끼고 있었던 것 같습니다. 홍정호 선배님이 계속 강북구를 맡았어도 마찬가지 결과를 얻었을 겁니다."

그가 보기에 홍정호가 저런 식으로 계속 행동하다가는 팀 내에서 스스로 고립될 가능성이 컸다.

본인도 그 사실을 알고 있겠지만, 막상 자존심 때문에, 또는 어디서부터 풀어야 할지 몰라서 상황을 악화시킬 뿐이었다.

홍정호에게 호감이 있는 것은 아니지만, 두 사람 사이의 알력으로 팀 분위기를 해치고 싶지 않았다.

백서제약에서 왕따를 경험한 유빈은 강북 2팀에 왕따가 생기기를 원하지 않았다. 왕따는 팀워크에 치명적이었다.

유빈은 더 높은 곳을 바라보고 있었다. 함께 가야 멀리 가는 법. 끌고 갈 수 있다면 목덜미를 쥐고서라도 끌고 간다.

자기 이름이 거론되자 홍정호가 마치 못 들은 것처럼 노트북 화면에 고정되어 있던 머리를 슬쩍 들었다.

"홍정호 선배님이 강북구 인수인계해 주면서 꼼꼼히 정보를 챙겨 주셔서 도움이 많이 됐습니다. 고맙습니다. 선배님."

"……뭐, 운도 실력이니까."

중얼거렸지만 홍정호가 입을 열자 속으로는 불편함을 느끼고 있던 다른 직원들의 표정도 한결 편해졌다.

"정호 씨도 이번에 종로구에서 많이 올랐네. 곧 한 번 터뜨리는 거 아냐?"

나이스 타이밍!

눈치 빠른 최정미 선배가 홍정호를 치켜세우며 유빈을 도
와줬다.

"당연하죠. 제가 지금 준비하고 있는 병원만 잘되면 저도
150%는 할 수 있을 겁니다."

화제의 중심이 자기로 넘어오자 홍정호이 표정이 눈에 띄
게 밝아졌다.

"뭐야, 정호 씨까지 터뜨리면 다른 사람은 어떡하라고."

"장 대리, 뭘 어떡해? 우리 지점이 강남 지점 다 누르고 베
스트 지점이 되는 거지."

이혁이 고마움이 섞인 눈빛으로 유빈을 쳐다봤다. 마음에
들지 않을 텐데도 선배와 팀 분위기에 신경 써 주는 유빈이
대견했다.

안 그래도 홍정호가 신경 쓰였는데 꼬인 실타래의 첫 시작
을 유빈이 풀어 줬기 때문이었다. 아직 완전히 풀리지는 않
았지만, 이혁은 곧 해결될 거라고 믿었다.

지점장 입장에서는 팀원 한 명이 특출한 것보다는 전체적
으로 고르게 실적이 나오는 편을 선호했다.

그렇기에 이혁은 베스트 지점이라는 팀의 공통 목표를 강
조한 것이었다.

"그러게요. 이러다가 진짜 강남팀 잡는 거 아닌지 모르겠

어요. 호호."

최정미의 밝은 웃음소리가 다른 팀원에게도 전염되었다.

"다녀왔습니다."

번호 키 소리와 함께 현관문이 열렸다.

60평대 아파트의 고급스러운 실내 장식이 먼저 최석원을 맞았다. 한 치의 흐트러짐 없는 내부는 깔끔했고 세련됐지만, 어딘가 차가운 기운이 맴돌았다.

어릴 적부터 그랬다. 한때는 이런 숨 막히는 곳 아니, 그 숨 막히는 사람으로부터 도망치고 싶다는 생각이 가득했다.

하지만 제네스에 들어온 지금은 명확히 알 수 있었다. 쉽지가 않다는 것을.

아버지를 능가할 힘을 갖기 전에는 일단 밑에서 햇볕을 쬘 수밖에 없었다.

"어서 오너라. 힘들었지?"

"아버지는요?"

최석원은 어머니의 질문에는 대꾸하지 않고 아버지를 찾았다. 회사와 거래처에서 항상 미소를 머금고 있는 그의 얼굴은 무표정하게 굳어 있었다.

"안 그래도 너 들어오면 서재로 오라더구나. 저녁은 먹었지?"

"네."

최석원은 냉랭한 대답과 함께 시선을 복도 끝 서재로 옮겼다.

어떤 이야기를 들을지 뻔했다. 자신도 오늘 아침 DDD를 확인했으니까. 신입사원 하나가 자신이 쌓은 타이틀을 하나씩 빼앗아 가고 있다.

그 사실을 떠올리자 분노가 치밀었다. 자신도 이토록 분노하는데 아버지라면 더할 것이다.

최석원은 생각과 함께 서재로 다가가 노크를 하고 안으로 들어섰다.

서재 안에 들어갔지만, 최석원의 아버지이자 제네스 코리아의 부사장인 최상렬은 아들을 쳐다보지도 않았다.

최석원은 아버지의 그런 모습에 익숙한지 아무 말 없이 방 가운데 덩그러니 서 있었다.

"6월 DDD 봤다."

"……."

"달성률 1등을 빼앗겼더구나."

간발의 차이였지만 6월 실적이 워낙 잘 나온 관계로 2분기 베스트 MR은 유빈의 차지였다.

"그건……."

"핑계 대지 마라. 어떤 이유에서건 결과가 전부라는 사실을 잊지 마라."

"……네."

최상렬의 시선은 책상 위에 가 있었지만, 최석원은 자신을 탓하는 눈빛을 느낄 수 있었다. 작년에 베스트 MR을 했을 때도 아버지는 만족스러워하지 않았다.

아버지가 원하는 것은 자신이 이룩한 부사장이라는 타이틀을 넘어 아들인 최석원이 제네스의 사장이 되는 것이라는 사실은 잘 알고 있었다.

아무도 넘볼 수 없는 실적. 영원히 깨지지 않을 기록. 그것이 최상렬이 최석원에게 요구하는 것이었다.

처음에는 아버지의 기대에 숨이 막혔다. 당신이 할 수 없던 일을 왜 자식에게 기대하는지 이해할 수 없었다. 하지만 시간이 흐를수록 최석원은 알 수 있었다.

어느 순간부터 아버지의 기대보다 자신의 욕심이 훨씬 더 자라나 있었다.

당장 자신을 향해 환호하는 사람들이 김유빈이라는 새로운 존재에게 그 환호를 보내자 최석원은 말할 수 없는 분노가 치밀었다.

옆에서 환호해 주는 사람들. 기대 어린 눈빛으로 바라보는 직속상사. 모두가 우러러보는 위치. 이제는 아버지보다 최석원이 더 원하게 되었다.

피는 못 속인다는 말이 괜히 있는 게 아닌 모양이다. 최석원은 사람들 위에 서 있고 싶었다. 지금껏 자신을 향한 환호를 영원토록 가지고 싶었다.

"이렇게 해서 싱가폴에 갈 수 있겠느냐."

압도적인 실적으로 싱가폴에 있는 제네스 아시아 헤드쿼터에서 일하는 것이 최석원의 현재 목표였다.

아시아 헤드쿼터에서 일할 수 있는 조건은 해당 국가에서 세 번 이상 베스트 MR을 성취하는 것이었다.

"아버지!"

한동안 말없이 듣고만 있었던 최석원이 최상렬의 눈을 응시했다.

"이번 싸이클 미팅 끝나면 김세윤 원장과 술자리 약속 잡아 주십시오."

"뭐?"

최상렬은 갑작스러운 아들의 부탁에 어안이 벙벙했지만, 곧바로 미소를 지었다.

김세윤 원장은 강남구 산부인과 의사회 회장이었다. 보통 지역 회장은 조금 한가한 병원의 원장이 맡는 경우가 많았지만, 김세윤은 예외였다.

그는 청담동에 있는 르마리스 여성병원의 대표 원장이었다.

르마리스는 대학병원이 아닌 곳 중에서는 우리나라 최대 병원이었다. 웬만한 연예인은 거의 다 르마리스에서 출산할 정도로 유명했다.

"이제 제대로 해볼 마음이 드는 게냐?"

사람들에게 알려진 것과 다르게 최석원은 그동안 최상렬의 인맥을 이용하지 않았다.

물론 모든 걸 스스로 이뤄 냈다고 할 수는 없다. 아무리 최석원 스스로가 최상렬의 아들이라는 점을 내세운 적이 없었어도 아는 사람은 다 아는 탓이다.

이것은 오점이라도 남는 걸 싫어하는 최석원의 성격 탓이기도 했지만, 아버지에 대한 약간의 반항이기도 했다.

하지만 이제 상황은 달라졌다.

"제네스 고시에 이어 2분기 달성률까지 빼앗겼습니다. 다시 찾아오겠습니다, 아버지."

최석원은 마치 제 것을 빼앗긴 양, 주먹을 꽉 쥐었다. 전과 달리 성마른 목소리에 최석원의 분노가 올올이 담겨 나왔다.

최상렬은 기분이 좋은 듯 고개를 끄덕였다.

"그래, 그래야지, 암. 내가 30년간 쌓은 인맥이 다 누구를 위한 건데!"

경쟁이다. 경쟁은 무조건 이긴다. 어떤 방법과 수단을 이용해서라도 반드시 이긴다. 최석원의 눈동자가 싸늘하게 희번덕거렸다.

'김유빈, 김유빈…… 김유빈!!'

또각. 또각.

하이힐 소리와 함께 등장한 여인에게 공항 안팎의 시선이 집중되었다.

늘씬한 몸매에 하얗고 조그마한 얼굴이 눈부시도록 빛이 났다. 주서윤이었다.

지나가는 사람 중에는 '연예인인가 봐' 하며 수군거리는 사람도 있었다. 심지어는 진짜 연예인으로 오해하고 사진을 찍는 사람도 있었다.

그만큼 주서윤의 미모는 군계일학이었다.

하지만 자신을 향해 쏟아지는 시선과 웅성거림은 조금도 신경 쓰지 않고 주서윤은 앞에 멀뚱히 서 있는 남자를 주시했다.

유빈이었다. 유빈 역시 평소와 다르게 편한 옷차림이었는데 평소 정장 차림만 봤던지라 어딘가 색다른 느낌이었다.

주서윤은 유빈이 보이자 살짝 긴장되었다.

뭐라고 말을 걸까.

눈이 부신 햇살과 야자수를 배경으로 편한 옷을 입고 서 있는 유빈이 마치 모델처럼 보였다.

공항에서 내리자 서울과는 확연히 다른 습하고 더운 공기가 느껴졌다. 처음 보는 야자수 나무가 우선 눈길을 끌었다.

"유빈 씨, 제주도 처음 와 봐요?"

처음 서울에 상경해서 넋 놓고 고층 건물을 쳐다보는 사람처럼 야자수를 구경하던 유빈의 어깨를 누군가 툭툭 건드렸다.

보기만 해도 시원한 파란 원피스에 하얀색 카디건을 걸친 주서윤이 여신의 자태를 뽐내며 서 있었다.

유빈은 야자수를 보던 것처럼 주서윤에게서 눈을 떼지 못했다.

주서윤과는 써니힐병원 세미나 이후로 별일이 없어도 가끔 전화를 했다. 그렇게 된 이후로 처음 직접 얼굴을 봐서 그런지 가슴이 살짝 두근거렸다.

"아…… 선배님. 저는 비행기도 처음 타 봤습니다."

"네? 정말요? 그럼 해외여행도 한 번 안 가 봤어요?"

"우리나라 밖으로 나간 적이 없습니다. 그렇다고 동물원 원숭이 보듯이 보지는 마십시오."

"무, 무슨 소리예요. 제가 언제 그렇게 쳐다봤다고."

유빈의 장난에 얼굴이 빨개진 주서윤이 작은 주먹으로 유빈의 팔을 쳤다.

'주서윤이 저런 성격이었나.'

더운 날씨에도 비즈니스 캐쥬얼로 깔끔하게 차려입은 최석원이 시커먼 선글라스를 통해 두 남녀를 쳐다봤다. 2년간 주서윤을 지켜봤지만, 지금처럼 애교 있는 모습은 처음이었다.

게다가 상대는 그 김유빈이었다.

언제 저렇게 친해졌는지 상당히 격의 없는 모습이었다. 선글라스에 가려져 있는 최석원의 눈에 살짝 경련이 일었다.

최석원 역시 동기인 주서윤에게 입사 처음부터 반했다. 하지만 그에게는 사랑 따위보다는 성공이 더 중요했다.

최석원이 원하는 자리에 간다면 주서윤도 그의 고백을 거절하지 않을 거로 생각했다.

그에게 주서윤은 어차피 내 거가 될 여자였다.

'점점 정이 안 가네, 저 녀석은.'

마음과는 달리 최석원의 입꼬리가 점점 올라갔다. 그는 어렸을 때부터 마음에 들지 않는 상대가 나타날수록 웃었다. 아버지에게서 배운 것이었다.

속에서 불길이 치솟아 올랐다. 처음에는 실적으로만 눌러 줄 생각이었지만, 주서윤과 웃고 떠드는 모습을 보니 이제는 생각이 달라졌다.

김유빈이라는 녀석을 완전히 망가뜨리고 싶었다.

'일단 가볍게 시작해 볼까?'

최석원은 머릿속으로 한 가지 생각을 떠올리며 비릿한 미소를 지었다.

"이성재."

"어, 석원이구나."

유빈을 응시하고 있던 최석원이 주위를 둘러보더니 막 공항에서 나온 덩치 큰 사람에게 아는 체를 했다.

입사 동기인 이성재였다.

아버지가 부사장이라는 최석원의 백그라운드처럼 이성재의 아버지도 제네스 코리아 평택 공장의 공장장이었다. 공통점이 있는 두 사람이 남들보다 친해진 건 당연한 수순이었다.

"대전에는 있을 만하냐?"

장형우만큼이나 커다란 덩치를 가진 이성재는 대전팀 소속이었다.

"서울만 하겠어? 그래도 주말마다 올라가니까 좀 살 만하다. 아버지한테 이야기해 놨으니까 곧 서울팀으로 발령 날 거야. 내가 사교 클럽 중에 괜찮은 데 뚫어 놨거든. 올라가면 같이 가자."

"그래, 그런데 너, 요즘도 술 많이 마셔?"

"어? 당연하지. 뭘 그런 걸 물어봐. 빌어먹을 의사들 하고 먹을 때는 정신줄 놓으면 안 돼서 짜증 나기는 하지만. 왜? 오늘 몰래 나가서 한잔할까?"

"그게 아니고. 음, 그럼 부탁 하나만 하자."

"부탁? 네가? 뭔데."

평소와는 달리 굳은 얼굴의 최석원이 안 그래도 낯설었다.

완벽남이라 불리는 동기 입에서 부탁이라는 단어가 나오자 이성재는 눈이 보일 리 없는 최석원의 선글라스를 뚫어지게 쳐다봤다.

유빈을 비롯한 여성건강사업부 전 직원이 제주도에 온 이유는 2분기 싸이클 미팅 때문이었다.

싸이클 미팅(Cycle Meeting)은 분기마다 서울 여섯 개 팀과 지방 네 개 팀을 포함한 사업부 전 직원이 모이는 회의다.

회사에 따라 POA(Plan Of Action)라고도 하는데 보통 4월, 7월, 10월, 1월에 개최된다. 그중에도 1월은 그랜드 미팅이라고 해서 사업부 전체가 모이는 큰 행사다.

미팅은 전국 각 지역의 대형 리조트에서 열리는 경우가 많고 때때로 해외로 가는 일도 있었다.

하지만 2박 3일 또는 3박 4일의 일정 동안 개인 시간은 거의 없었다.

일정은 MR 발표와 마케팅 회의 등 빡빡한 타임라인으로 진행되었다. 매 저녁에는 직원 간 술자리가 잡혀 있어 내부 영업의 장이 되기도 했다.

주변 풍경이 기가 막힌 불사조 리조트에 짐을 푼 유빈은 베란다에서 맑은 공기를 들이마셨다.

서울과 달리 충만한 기운이 느껴졌다.

왜 도인들이 전국의 명승지에 거처를 잡는지 알 것 같았다.

"김유빈, 발표 준비는 다 됐어?"

이혁 지점장이 짐을 풀며 물었다. 강북 2팀 남자 직원은 모두 한 방을 같이 썼다.

"네, 지점장님."

"내일 오전에 발표니까 오늘 저녁에 술 너무 많이 마시지

마. 알겠지?"

"네, 알겠습니다."

"지점장님, 김유빈 씨는 술 귀신이라서 걱정 안 하셔도 됩니다. 우리 팀이 그렇게 회식을 많이 했지만, 저 친구가 취한 모습을 한 번도 본 적이 없잖습니까."

유빈의 주량은 여성건강사업부에서도 알아주는 주당인 장형우 대리가 인정할 정도였다.

곰 같은 덩치의 장 대리는 유빈을 취한 모습을 보려고 여러 번 시도했지만, 결국 모든 뒤처리는 유빈의 몫이었다.

"그건 그래. 저 호리호리한 몸 어디로 그 많은 술이 들어가는지 불가사의야. 어쨌든, 내일은 부사장님도 발표에 참석하신다니까 적당히들 마셔. 특히, 김유빈. 사람들이 주는 술 넙죽넙죽 받아먹지 말고."

"알겠습니다. 지점장님."

유빈은 자신을 아껴 주는 지점장님이 고마웠다. 한편으로는 자신의 주량이 궁금하기도 했다.

'속인이 술을 마시면 그 성품이 드러나고, 도인이 술을 마시면 천하가 평화롭다'는 말이 있듯이 수련한 이후로는 술을 즐길 줄 알게 된 유빈이었다.

수련한 이후로는 아무리 마셔도 취한 적이 없었다. 그저 기분만 좋아질 뿐이었다.

백서제약 때는 딱 소주 반병이 주량이었다. 하지만 거기서 술자리가 멈춘 적은 없었다. 회식 때는 정신력으로 어찌어찌 버텼지만, 숙취의 기분은 항상 더러웠다.

분만하는 원장과 술을 마실 때는 다음 날 위장약 먹을 각오를 해야 했다. 수술하는 의사는 하나같이 주당이었다.

"자, 대충 정리했으면 내려갈까. 장 대리, 몇 시까지 콘퍼런스장으로 오라고 했지?"

"네 시까집니다. 삼십 분 남았습니다."

서울 여섯 개 팀과 지방 네 개 팀 그리고 마케팅 부서와 그 외 부서 참석자들이 모이니 콘퍼런스장이 가득 찼다.

3개월 만에 보는 지방팀 동기들과 반가운 인사를 나누고 유빈은 강북 2팀 자리에 앉았다.

장결희 본부장의 인사말과 함께 싸이클 미팅이 시작되었다.

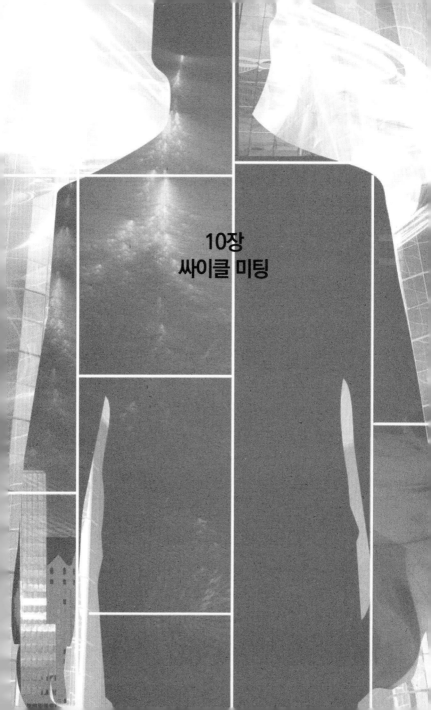

10장
싸이클 미팅

2박 3일의 일정이 상당히 **빡빡**해 보였지만, 그중에는 팀 빌딩 목적으로 올레길 걷기 등 제주도를 볼 수 있는 시간도 있었다.

베스트 MR 발표는 바로 다음 날 아침이었다.

9시에 발표하는 일정이어서 이혁 지점장의 말처럼 술을 너무 마시면 영향이 있을 것은 분명했다.

"2분기까지 목표 대비 108% 달성입니다. 제가 작년에 쿼터를 꽤 타이트하게 잡았음에도 여러분이 열심히 해 준 덕분에 훌륭한 달성률이 나왔습니다. 감사합니다!"

장결희 본부장의 2분기 실적 발표에 시원한 박수 소리가 이어졌다.

"이번 분기 초과 달성의 일등 공신인 베스트 MR 세 분은 강북 2팀의 김유빈 씨, 강남 1팀 최석원 씨, 부산팀 김나리 씨입니다. 세 분은 내일 오전 베스트 MR 발표를 하게 되겠습니다. 모두 큰 박수 부탁합니다."

일어서서 답인사를 하자 콘퍼런스장 안에 있는 모든 시선이 세 명, 특히 그중에서도 유빈에게 쏠렸다. 신입사원이 분기에서 베스트 MR이 된 것은 다른 지점에도 큰 이슈였다.

박수와 시선을 받자 유빈도 기분이 묘했다.

백서제약에서 그렇게나 꿈꿔 왔던 장면이 연출되고 있었다.

기분은 좋았지만, 유빈은 침착함을 유지했다.

그의 목표는 더 높은 곳에 있었다.

"그럼 발표는 여기서 마칩니다. 저녁 식사 장소는 리조트 근처에 있는 해녀의 집입니다."

처음에는 일반적인 저녁 식사 모임 같았다.

다들 자기 테이블에서 얌전히 먼저 나온 밑반찬을 먹으며 담소를 나눴다.

백서제약 분기미팅과는 완전히 다른 분위기였다. 직원 대부분이 남자인 백서제약 분기미팅은 무슨 수련회 또는 극기 훈련 같았다.

그때를 생각하니 몸서리가 쳐졌다.

"유빈 씨, 추워요?"

"아. 아닙니다. 그런데 선배님. 원래 제네스 분기미팅은 이렇게 조용한가요?"

같은 테이블에 앉은 사람 중 최정미만 같은 팀이었다.

"후훗, 조금만 기다려 봐요."

그녀의 말대로였다.

메인 요리인 회와 함께 술이 등장하자 분위기가 삽시간에 바뀌었다.

"김유빈 씨죠? 반가워요. 실적 훌륭하던데요. 난 대구팀 권성식입니다."

일단 같은 테이블에 앉아 있는 사람들한테서 술잔이 몰려 들었다.

지점장의 당부가 있었지만, 축하와 함께 건네 오는 선배들의 술잔을 거절할 수가 없었다.

"술도 시원하게 잘 마시네! 사나이구먼!"

유빈이 넙죽넙죽 꺾지 않고 받아 마시자 같은 테이블의 분위기가 후끈 달아올랐다.

단 십 분 만에 소주 한 병이 유빈의 뱃속으로 사라졌다.

"유빈 씨, 천천히 마셔요. 지점장님들한테도 술 돌려야죠. 처음부터 너무 달리면 나중에 힘들어요."

나이는 어리지만, 선배인 최정미가 누나처럼 챙겨 줬다. 유빈은 자신을 누군가가 신경 써 준다는 사실이 그저 고마울 따름이었다.

"선배님도 한 잔 받으세요. 잘 챙겨 주셔서 감사합니다."

"어머, 같은 팀끼리 팁킬하는 거 아닌데. 호호, 그래도 유빈 씨가 주는 술이니까."

술을 마시지도 않았는데 얼굴이 발그레해진 최정미도 같이 분위기에 휩쓸려 버렸다.

'어이구, 저 자식. 적당히 마시라니까 왜 저렇게 달려.'

이혁도 술을 주고받으면서 틈틈이 강북 2팀 직원들을 체크했다.

김유빈과 최정미가 있는 테이블에 빈 녹색 병이 벌써 여러 개 올려져 있었다.

테이블 안에서의 인사가 어느 정도 마무리되었다.

유빈은 이미 소주 2병을 마신 상태였다.

슬슬 지점장들을 찾아 나서는 직원들이 보였다. 장결희 본부장 옆에는 이미 줄이 생겨 있었다.

유빈이 피식 웃었다.

술 앞에서는 제네스나 백서제약이나 다름없었다.

다만 이제는 웃을 수 있는 자신이 있었다.

기운을 잠시 돌리자 살짝 오르던 취기마저 사라져 버렸다. 유빈도 술병과 술잔 하나를 무기 삼아 총성 없는 전쟁터로 뛰어들었다.

내부 영업의 시간이었다.

서울팀과 지방팀을 합쳐 지점장 9명.

신입사원이니 각 팀의 차석도 빠뜨릴 수 없었다. 본부장과 타부서 장까지 합치면 22명이었다.

기본으로 소주 24잔, 병으로 치면 세 병은 깔고 가야 했다.

"우욱……."

입을 부여잡고 화장실로 뛰어가는 직원도 보이기 시작했다. 그 와중에 유빈은 묵묵히 테이블을 돌며 인사를 다녔다.

"오, 김유빈 씨. 분기 실적이 아주 인상적이야."

"감사합니다. 지점장님. 한 잔 받으세요."

"오, 그래. 그래. 김유빈 씨. 그거 알아? 빨리 승진하려면 지방에도 한 번 내려왔다 가는 게 유리해. 꺽. 부산이 서울 다음으로 큰 시장인 거 알지? 맛있는 것도 많고, 저기 해운대 가면 예쁜 여자도 넘쳐 나. 어때? 꺽."

"네. 지점장님. 지방팀으로 가게 되면 부산으로 지원하겠습니다."

"크어, 시원시원하구먼. 대답이 사이다네. 한잔해. 하하!"

유빈은 여우처럼 분위기를 거스르지 않고 자연스럽게 탔다.

지방으로 갈지 안 갈지는 아직 모르는 일이다.

이미 부산 지점장은 영혼이 몸과 분리된 단계였다. 지점장의 말을 굳이 심각하게 생각할 필요가 없었다.

내일이면 지점장이 기억하는 것은 '저 녀석이 나한테 술 따르러 왔었지. 뭔지는 모르지만, 기분 좋은 녀석이었어'라는 느낌이 전부일 것이었다.

분기 베스트 MR이라는 시선 덕분인지 아니면 예의 바른 태도 덕분인지 대부분의 사람이 유빈에게 좋은 인상을 받았다.

그런 유빈을 예의주시하고 있는 사람이 있었다. 이성재였다.

그의 계산으로는 이미 유빈은 최소한 소주 4병 이상은 마신 상태였다.

'꽤 마신 것 같은데 겉보기에는 멀쩡하군. 술을 잘 마시나? 뭐, 그래 봤자 술 앞에는 장사 없지.'

경험에서 우러나온 판단이었다.

여기서 좀 더 먹이면 신선이 아닌 이상 맛이 갈 게 분명했다. 만약 술주정이라도 부려 준다면 더없이 좋은 그림이었다.

'자식, 호랑이 굴로 들어오는구나.'

이성재가 멀찌막이 떨어져 앉아 있는 최석원을 잠시 살폈다.

최석원도 이쪽 테이블을 보고 있었다.

그가 미미하게 고개를 끄덕였다.

유빈이 드디어 이성재가 앉아 있는 테이블로 다가왔다.

술을 좋아하는 이성재는 한 시간 동안 거의 술을 마시지 않았다. 안주만 챙겨 먹으며 유빈이 오길 기다린 것이다.

그로서는 나름대로 만반의 준비가 된 상태였다.

하지만 가까이서 봐도 유빈은 너무나 멀쩡했다.

눈의 초점도 또렷했고, 술 따르는 손이 헛손질하지도 않았다. 얼굴에 붉은 기조차 없었다.

유빈이 같은 테이블에 있던 광주 지점장과 차석에게 술을 차례로 따랐다.

즐겁게 이야기를 나누던 유빈이 인사를 하고 자리를 뜨려 했다. 이대로 놓칠 수는 없었다.

"큼, 여기도 사람 있는데⋯⋯."

'이 껄렁한 놈은 또 뭐지.'

유빈이 맞은편에 앉아 있는 덩치 큰 남자를 쳐다봤다.

어딘가 좋지 않은 기운이 풍겨 왔다.

아니나 다를까. 슬쩍 오라를 펼쳐 보니 상당한 적개심이 상대방에게서 느껴졌다.

분명 오늘 처음 보는 사람이었다. 그런 것치고는 상당한 기운이 감지되었다.

"아, 선배님. 죄송합니다. 신입사원 김유빈입니다."

반말하며 불러 세웠으니 선배임은 분명했다. 유빈은 일단 옆으로 가서 앉았다.

"그래. 난 대전팀 이성재야. 네 2년 선배."

"처음 뵙겠습니다."

"그래, 그럼 한잔해야지."

이성재가 소주병을 들이댔다.

말투나 표정이 건달 같았지만, 유빈은 내색하지 않고 잔을 내밀었다.

"제가 한잔 드리겠습니다."

"어, 좋아. 베스트 MR이 따라 주는 술이니 얼마나 달겠어. 유빈 씨도 한잔 더 해."

이성재가 유빈의 빈 잔에 다시 술을 따랐다.

유빈의 눈빛이 날카로워졌다. 상대방에게서 분명한 의도가 느껴졌다. 연거푸 술을 주는 모양새가 술에 취하기를 바라는 것 같았다.

의도는 알아차렸지만, 유빈은 물러서지 않았다.

이제 어떤 일에서도 물러설 생각은 없었다.

다시는 덤빌 생각도 못 하도록 할 참이었다.

"선배님처럼 호탕한 분을 만나니 저도 기분이 좋네요. 안 그래도 사람들이 몸 사리면서 깨작깨작 마셔서 답답한 참이었는데, 글라스로 가시죠?"

유빈이 옆에 있는 맥주잔 두 개를 빼 들었다.

"뭐?"

"한 잔 주십시오."

"어, 어. 그러지."

요놈 봐라. 이성재도 술이라면 누구에게도 이길 자신이 있었다. 잠시 당황했지만, 바로 글라스 반 잔을 채웠다.

유빈이 망설이지 않고 바로 잔을 비웠다.

"캬아, 좋네요. 선배님. 받으시죠."

"좋아. 좋구나. 오늘 제대로 한번 마셔 보자."

둘만의 대결이 펼쳐졌다.

이성재도 만만치는 않았다. 그리고 유빈은 이미 소주를 5병 마신 상태였다.

둘은 아예 소주 짝을 가져다 놓고 마시기 시작했다.

하지만 시간이 지날수록 멀쩡한 유빈과는 달리 이성재의

혀가 꼬여갔다.

테이블 밑에는 이미 스무 병의 소주가 널브러져 있었다.

"끅, 욱……."

"선배님 한 잔 더 하시죠."

"……어부으으, 그래, 당연하브브……."

이성재는 정신을 못 차리고 앉은 채로 고개를 푹 숙였다.

그는 완전히 맛이 가 버렸다.

이성재를 내버려 두고 조용히 자리에서 일어났다.

아까부터 신경을 거스르던 시선을 찾기 위해 오라를 퍼뜨렸다.

한쪽에서 강한 적개심이 느껴졌다.

유빈이 시선을 그쪽을 향해 돌리자 최석원과 정면으로 시선이 마주쳤다.

'저 사람은.'

OJT 때도 같은 눈으로 유빈을 쳐다보던 사람이었다.

이유는 알 수 없지만, 저 사람이 이성재의 뜬금없는 행동과 관련 있다는 것을 직감적으로 알 수 있었다.

상대를 확인한 유빈은 아무렇지도 않은 듯 고개를 돌렸다.

언젠가 정면으로 덤벼 올 때 눌러 줘도 충분했다. 저 정도 적개심이라면 여기서 멈추지는 않을 것이다.

유빈은 아직 술잔을 올리지 않은 본부장을 향해 걸어갔다.

'뭐야, 저 자식은. 소주 15병을 먹고도 저렇게 멀쩡할 수가 있는 거야?'

유빈의 날 선 눈빛을 받은 최석원은 안 지려고 눈을 피하지 않았다. 하지만 그 대가로 잠깐이었지만, 유빈에게서 두려움을 느꼈다.

그의 눈빛에서 먹이를 앞에 둔 맹수 같은 느낌을 받았다. 하지만 그런 감정을 용납하기에는 최석원의 자존심이 너무 강했다.

'내가 두려웠다고? 내가? 그럴 리 없어.'

"그럴 리 없어."

가슴속에서 메아리치는 생각이 자기도 모르게 입 밖으로 튀어나왔다.

최석원이 거칠게 따지 않은 소주병을 열었다.

술이 필요했다.

"하하, 나는 우리 김유빈 씨가 언제 오나 학수고대하고 있었지."

"본부장님이 인기가 많으셔서, 눈치 보다가 바로 왔습니다."

"그랬나? 하하. 아무튼, 이번 분기에 정말 잘했어. 계속 열심히 해 주게."

"감사합니다. 본부장님."

"꺄악!"

장결희 본부장과 유빈이 훈훈한 대화를 나누고 있을 때, 비명과 함께 유리 깨지는 소리가 들렸다.

"무슨 일입니까?"

장결희 본부장이 깜짝 놀라서 보니 누군가가 음식이 가득한 테이블 위에 엎어져 있었다.

"쯧쯧. 누군가? 저 친구는. 영업사원이라는 사람이 저렇게 자기 통제력이 없어서야."

그때 엎어져 있던 남자가 다시 일어나 고래고래 소리를 지르기 시작했다.

"저 친구 이성재 아닌가? 큼, 강 지점장, 직원 간수 좀 잘하게. 오늘은 여기서 파하지. 내일 아침에 발표도 있으니까."

장결희 본부장이 자리에서 일어났다. 못마땅한 표정이 역력했다.

마침 본부장 옆에 있던 대전 지점장이 송구한 얼굴로 이성재에게 급하게 뛰어갔다. 하지만 그가 받은 것은 이성재의 토사물뿐이었다.

한편, 전용버스를 타고 리조트로 돌아온 유빈은 방으로 바로 돌아가지 않았다.

술기운과 함께 인간사의 지저분함을 자연의 기운으로 털어 버리고 싶었다.

예전과는 다르게 수련을 배운 후에는 숲이나 공원 같은 장소가 좋아졌다. 영업하면서 심력을 쏟은 날에는 어김없이 자연이 있는 곳으로 발길이 저절로 향했다.

지금도 마찬가지였다.

리조트 옆에 있는 섭지코지 산책길을 천천히 걸어 올라갔다. 자정이 다 된 시간이라 사람은 거의 없었다.

서울의 작은 숲과는 비교할 수 없는 거대한 기운이 유빈의 몸으로 들어왔다 다시 나가기를 반복했다.

'좋구나.'

왜 도인이든 도사든 산으로 들어가는지 알 것 같았다.

욕망으로 점철된 사람들의 탁한 기운을 매일 접하다 보면 그런 마음이 드는 것이 당연했다.

유빈은 자연과 하나가 되어 완무를 펼쳤다.

얼마의 시간이 흘렀을까.

몸속에 남아 있는 술기운을 전혀 느낄 수 없었다.

감각도 극대화되었다.

약한 파도가 부딪치는 소리, 풀 속에 벌레 우는 소리가 화음을 쌓아 노래처럼 들렸다.

그때 유빈의 날카로운 감각에 인기척이 느껴졌다.

그런데 익숙한 기운이었다.

"선배님?"

의외의 장소에서 만난 의외의 사람이었다.

주서윤이 30m 정도 떨어진 곳에서 어정쩡한 자세로 서 있었다.

"누, 누구세요?"

목소리가 떨렸다.

주서윤은 마케팅 발표 자료를 준비하다가 답답함에 나온 참이었다.

잠시 바람만 쐬고 들어가려 했다. 하지만 시원한 밤공기가 좋아 계속 걷다 보니 섭지코지 깊숙한 곳까지 오게 된 것이었다.

밤바람을 만끽하며 걷던 그녀는 갑자기 남자 목소리가 들리자 그대로 경직되었다.

심장이 방망이질을 해 댔다.

하지만 이내 목소리의 주인공을 확인하고는 가슴을 쓸어내렸다.

유빈이 다가오고 있었다.

그런데 이상하게도 상대방을 확인한 심장은 방망이질을 멈추지 않았다.

"아, 깜짝이야. 유빈 씨. 놀랐잖아요. 여기서 뭐 하는 거예요?"

"선배님이야말로 혼자서 뭐하십니까? 여자 혼자서 야밤에 돌아다니면 위험합니다."

이런 게 인연일까. 의도하지 않는데도 계속 주서윤과 마주쳤다. 희미한 조명에 비친 그녀의 얼굴이 더 아름다웠다.

어둡고 깊은 제주도의 밤, 은은한 달빛이 비치는 인적이라고는 없는 산책길.

아무 감정이 없는 사이도 두근거리게 할 수 있는 시공간이었다.

주서윤도 분위기를 느꼈는지 얼굴이 발그레해졌다. 다만 유빈이 보지 못할 거로 생각했는지 전처럼 고개를 숙이지는 않았다.

방망이질 치는 심장이 놀라서인지 유빈 때문인지 알 수 없게 되었다.

유빈이 주서윤과의 거리를 좁혔다.

"술 좀 깨고 들어가려고 산책 중이었어요. 선배님은 아까 회식 때 일찍 가시는 것 같던데……."

"마케팅팀은 내일 발표 준비를 해야 해서 밥만 먹고 나왔어요. 얼핏 보니까 술 많이 마시는 것 같은데 좀 괜찮아요?"

어색한 분위기 속에서 대답이 속사포처럼 나왔다.

그 많은 사람 사이에서 내가 술 마시는 것을 어떻게 봤을까.

'혹시 보고 있었나? 나한테 관심이 있나?'

공간이 공간이다 보니 평소에는 하지 않을 여러 가지 생각이 머릿속을 스치고 지나갔다.

대놓고 물어보고 싶었지만, 꾹 참고 그냥 평이하게 대답만 했다.

"괜찮습니다. 제가 보기보다 술이 세거든요."

"푸훗!"

"왜 웃어요?"

"아뇨. 유빈 씨도 보통 남자구나 싶어서요. 남자들이 여자 앞에서 괜히 센 척하잖아요."

"그럼요. 저도 남잡니다."

"후훗, 그러네요. 그런데 어디까지 갔다 오는 길이에요?"

"등대 있는 곳까지 갔다 왔습니다."

"앗, 그래요? 저도 거기까지 가 보고 싶은데……."

"그럼 가면 되죠."

"하지만 시간도 늦었고 무섭기도 하고……."

"제가 에스코트하겠습니다. 걱정 마세요."

유빈이 가슴을 탁탁 쳤다.

"정말요?"

주변에 사람이 없으니 둘은 서로에게 회사 동료가 아닌 일반 남녀가 되었다.

'원래 이렇게 밝은 사람이었나……'

주서윤은 유빈에게서 의외의 모습을 발견했다.

항상 예의 바르고 반듯해 보이는 유빈이 장난기도 넘치고 가벼웠다.

회사에서는 어딘지 모르게 무거운 가면을 쓰고 있는 느낌이었다. 바늘로 찔러도 피 한 방울 나올 것 같지 않은 느낌이랄까.

능력 있고 자신감 넘치는 매력 있는 남자이긴 했지만 다가가기는 어려웠다.

하지만 오늘은 달랐다.

매력은 여전했지만 따뜻하고 편했다.

유빈의 이런 모습을 회사에서 자신만 알고 있다고 생각하니 주서윤은 기분이 좋았다.

웃고 떠들고 걷다 보니 어느새 등대 앞이었다.

"그런데 유빈 씨도 내일 발표잖아요? 빨리 자야 하는 거 아니에요? 준비는 다 했어요?"

"할 만큼은 했습니다."

"좋겠다. 전 들어가서 몇 시간 더 준비해야 해요. DDD 자료도 분석해야 하고 IMS 데이터도 봐야 하고, PM님 자료도 도와줘야 하고, 하아."

"잘 시간도 없겠네요. 선배님. 잠깐만 서 있어 보세요."

주서윤의 이야기를 들은 유빈이 걸음을 멈췄다.

"네? 왜요?"

"저한테 피로를 없애 주는 마법의 사탕이 있거든요. 잠시 만요."

유빈이 주머니 속에서 식당에서 챙긴 과일 맛 사탕을 하나 꺼내 주서윤의 손에 쥐여 줬다.

"에이, 뭐예요. 그냥 사탕이잖아요."

"속는 셈치고 한 번 먹어 보세요. 다 먹을 때까지 움직이 면 안 됩니다."

"알겠어요."

주서윤은 유빈이 장난치는 줄 알았지만, 그냥 장단에 맞춰 줬다. 그냥 그러고 싶었다.

유빈은 주서윤이 사탕을 입에 넣자 바로 오라를 전개했다. 환경의 영향일까 더욱 강력한 오라가 뿜어져 나왔다.

'어?'

주서윤은 입안에서 녹는 사탕의 달콤함과 함께 정말로 몸이 가벼워지는 느낌을 받았다.

무거웠던 머리가 시원해지고 뭉쳐 있던 어깨도 풀리는 느낌이 났다. 아니, 느낌이 아니었다. 정말로 피로가 사라지고 있었다.

사탕이 입안에서 사라지자 주서윤은 천천히 눈을 떴다. 이해는 안 되지만 기분이 너무 좋았다.

마치 푹신한 침대에서 자고 싶은 만큼 자고 일어난 기분이었다.

"하아……."

그녀가 잠시 말을 잇지 못했다.

"어떻게……."

"정말 귀한 사탕인데 선배님이라서 드린 겁니다."

유빈이 자못 진지한 표정으로 주서윤을 바라봤다.

"……풋. 그럼 그렇다고 할게요. 저 그 사탕 몇 개만 더 주세요. 하루에 하나씩 먹을게요."

"그건 안 됩니다. 저 먹을 것도 부족해서요."

"아이, 그러지 말고 하나만 주세요."

"안 됩니다. 하하."

그렇게 다시 걷다 보니 리조트가 보이기 시작했다.

"정말 나오길 잘한 것 같아요."

"저도 그렇습니다."

"아, 자료 정리하다가 유빈 씨 자료도 봤어요. 그런데 3개월 만에 노원구에서 그렇게 실적을 높여 버리면 제가 열심히 일하지 않은 것 같잖아요."

주서윤이 일부러 뾰로통한 표정을 지으며 장난스럽게 말했다.

유빈은 마땅히 할 말이 없어 가만히 있었다.

그저 그녀의 다양한 표정을 지켜봤다.

주서윤의 첫인상은 어른스럽고 도도했지만 친해질수록 귀여움이 느껴졌다. 저절로 미소가 그려졌다.

"왜 웃어요?"

"아닙니다."

"그리고 보면 발표라는 게 참 웃겨요."

"뭐가 말입니까?"

"저도 MR일 때 싸이클 미팅에서 발표해 봤지만, 솔직히 말하면 그 내용이라는 게 '내가 이렇게 잘했다. 나 잘났다'로 요약될 수 있거든요."

"하하, 따지고 보면 그러네요."

"생각해 보세요. 술 진탕 마신 다음 날, 속도 안 좋고 자고 싶어 죽겠는데, 베스트 MR이라고 나와서 자기 잘난 척만 실컷 하고 들어가는데 누가 열심히 듣겠어요. 제가 발표할 때는 최소한 다섯 명은 아예 고개를 들지도 않더라고요. 호호."

주서윤은 웃으라고 하는 소리였지만, 유빈의 표정은 진지해졌다.

그녀의 말에서 느껴지는 바가 있었다.

유빈이 준비한 발표 자료도 그녀가 말한 것과 마찬가지였다.

"유빈 씨, 왜 그래요?"

유빈에게서 반응이 없자 주서윤이 얼굴을 보기 위해 조금 더 가까이 다가왔다.

"선배님. 고맙습니다."

유빈이 갑자기 가까이 다가온 주서윤의 손을 꽉 잡았다.

"어머!"

손이 잡혔지만 주서윤은 얼굴만 빨개진 채 가만히 서 있었다.

유빈이 먼저 실례를 깨닫고 바로 손을 놔줬다.

"아, 죄송합니다. 선배님한테 또 도움을 받았네요."

"네, 제가 뭘……?"

써니힐병원 세미나 때도 그렇고 지금도 유빈이 간과한 점을 주서윤이 짚어줬다.

도대체 무슨 인연이기에 중요한 때마다 도움을 주는 그녀가 고맙고 또 예뻤다.

"아무래도 발표 자료를 다시 준비해야겠네요. 이제 들어갈까요?"

주서윤은 갑작스러운 유빈의 행동에 얼떨떨했지만, 그저 고개를 끄덕였다. 그녀는 그저 유빈이 남겨 놓은 손의 온기에 온 신경이 가 있었다.

"지점장님, 일어나십시오. 한 시간 남았습니다. 식사는 하셔야죠."

"으음……. 김유빈?"

유빈이 돌아다니며 이혁을 비롯한 팀원들을 깨웠다.

"아아, 속 타네……. 유빈이 넌 잠 좀 잤냐?"

"네, 잘 잤습니다."

"그래? 속은 괜찮고? 어제 엄청 달렸잖아."

"그렇게 많이 마시지는 않았습니다. 지점장님, 이것 좀 드세요."

"뭔데?"

"아침에 편의점에서 꿀물 음료수 좀 사 왔습니다."

"허……. 참. 네가 마누라보다 낫다."

이혁이 순수하게 감탄하며 이불을 걷어찼다.

퉁퉁 부은 눈을 겨우 떠보니 이미 다 씻고 옷까지 말끔하게 차려입은 유빈이 주변 정리를 하고 있었다.

'저놈은…… 정말……. 올해는 내가 정말로 인복이 터졌구나.'

이혁은 유빈이 그렇게 예뻐 보일 수가 없었다.

여동생이라도 있으면 소개해 주고 싶을 정도였다.

"아우……. 그래 밥은 먹어야지. 장형우, 홍정호 빨리 일어나!"

그래도 영업사원은 영업사원이었다.

어제 그렇게 달렸는데도 콘퍼런스장에 앉아 있는 MR들은 최소한 외적으로는 깔끔해 보였다.

다만 눈은 죽은 동태 눈깔처럼 누렇게 뜬 사람이 대부분이었다.

유빈이 슬쩍 주위를 둘러봤다.

눈이 마주친 주서윤이 미소를 보냈다.

이성재는 보이지 않았다.

설마 죽지는 않았겠지.

하긴 소주 10병을 그렇게 짧은 시간에 들이부었으니 그럴 수도 있었다.

"식사는 맛있게 하셨나요?"

장결희 본부장이 단상에 올라왔다.

"그럼 2분기 싸이클 미팅 2일 차 일정을 시작하겠습니다. 먼저 입사 순으로 강남 1팀 최석원 씨, 부산팀 김나리 씨 그리고 강북 2팀 김유빈 씨가 발표하겠습니다. 최석원 씨는 발표 준비해 주세요."

최석원의 발표는 입사 후에 여러 번 해 본 경험이 있어서인지 아주 자연스러웠다. 다른 사람 앞에 서 있는 게 당연한 모습처럼 보일 정도였다.

실적도 훌륭했다.

유빈은 새삼 최석원의 실적을 살폈다.

이번 분기에서는 근소한 차이로 유빈이 앞섰지만, 1분기와 2분기를 합치면 아직 최석원이 1등이었다.

'날 싫어하는 이유가 실적 때문이었나.'

충분히 그럴 만했다.

쫓기는 입장에서는 쫓아오는 사람이 거슬릴 만했다.

최석원의 발표 능력은 뛰어났지만, 유빈이 주위를 살피니 사람들은 그다지 집중하지 않는 모습이었다.

주서윤의 말 그대로였다.

이어진 부산팀 김나리의 발표도 별다를 게 없었다.

어떤 식으로 실적을 올렸는지에 대한 방법이 뭉뚱그려져

있었다.

발표 자료는 그저 숫자의 향연이었다.

듣는 사람이 흥미가 생길 리가 없었다.

"그럼 마지막으로 강북 2팀 김유빈 씨, 준비해 주세요."

본부장의 호명에 유빈이 자리에서 일어났다.

'저 녀석은 왜 저렇게 멀쩡한 거야?'

최석원은 말끔한 유빈을 쳐다보며 이를 갈았다.

유빈의 컨디션이 무척 좋아 보였다. 같이 술을 퍼마신 이성재는 숙취로 방에서 나오지도 못할 정도였다.

유빈은 가볍게 미소를 지은 채 단상에 올라갔다.

노트북을 연결하면서 유빈은 일단 오라를 방 안에 퍼뜨렸다.

그때, 콘퍼런스장 앞문이 열리면서 두 사람이 같이 들어왔다. 한 사람은 익숙한 얼굴이었다.

바로 제네스 코리아 제약회사의 사장인 카일라 첼시 사장이었다.

카일라 사장은 단상에 서 있는 유빈을 보더니 살짝 윙크를 보냈다.

유빈도 미소 지으며 고개를 끄덕였다.

그리고 그 뒤에 따라 들어온 사람 역시 지위가 높아 보였다.

느긋하게 앉아 있던 장결희 본부장이 자리에서 벌떡 일어났다. 두 사람의 참석은 본부장도 몰랐던 깜짝 방문인 모양이었다.

카일라 첼시 사장과 뒤따라온 사람을 상석으로 모신 본부장이 단상을 가리켰다. 그러자 첼시 사장이 웃으며 팔을 내저었다.

아마도 먼저 말씀하라는 걸 거절하는 것 같았다.

본부장이 그제야 유빈에게 이어서 하라는 신호를 보냈다. 늘 여유 있어 보였던 본부장의 표정이 눈에 띄게 경직되어 있었다.

유빈은 그 모습을 보며 속으로 피식 웃었다.

본부장 정도의 높은 자리에 있어도 상사는 어려운 모양이었다. 하긴 가장 편할 때가 일반 사원일 때라는 말이 괜히 있는 말은 아니었다.

"그럼 시작하겠습니다. 안녕하십니까. 강북 2팀 김유빈입니다."

유빈의 부드러운 목소리가 마이크를 타고 퍼져 나갔다. 의례적인 박수를 맞으며 유빈이 직원들을 한 번 둘러봤다.

단상에 서서 보니 사람들의 표정이 한눈에 보였다.

호감과 비호감 그리고 무관심. 세 부류의 청중이 유빈을 쳐다보고 있었다.

이혁 지점장의 긴장된 표정.

주서윤과 황연희의 초롱초롱한 눈빛.

그에 반해 최석원은 무표정했다. 그리고 대부분은 별 기대 없는 표정이었다.

유빈이 다음 PPT로 넘어가려는데 본부장이 갑자기 일어나 단상으로 오는 게 아닌가.

"김유빈 씨. 미안한데 혹시 영어로 발표할 수 있나?"

본부장은 유빈만 들을 수 있도록 작게 말했다.

"네? 영어요?"

"음……. 원래 베스트 MR 세 명 중 한 명은 영어 발표를 해야 하는데 이번에는 사장님이 오신다는 말씀이 없어서 그냥 넘어갔거든. 그런데 자네도 보다시피 사장님이 갑자기 오시고 부사장님이 시키시는 바람에……."

본부장의 말에 유빈이 첼시 사장 옆에 앉아 있는 사람을 슬쩍 봤다.

저 사람이 부사장인 모양이었다.

딱딱한 얼굴이 어딘가 낯이 익었다.

유빈이 가만히 있자 본부장이 안절부절못한 얼굴을 들이밀었다.

"자네가 영어를 잘한다는 이야기는 박용신 총괄본부장님

에게 들었네. 어떻게 가능하겠나?"

가능은 했지만 아무래도 영어 발표는 전달력이 떨어질 수밖에 없었다.

유빈이 원하는 바는 아니었다.

다른 사람이 흥미를 느낄 수 있게 새벽 내내 잠도 안 자고 바꾼 자료였다.

잠깐 고민했지만 그래도 지금은 발표보다도 본부장의 면을 세워 줄 필요가 있었다.

"알겠습니다. 본부장님. 부족하지만 영어로 해 보겠습니다."

"후……. 고맙네. 믿고 내려가겠네."

살짝 얼굴이 펴진 본부장이 고개를 끄덕이며 자리로 돌아갔다.

어려운 부탁일 텐데 별 망설임 없이 승낙한 유빈이 고마웠다. 첫 베스트 MR 발표라 준비도 많이 하고 긴장도 했을 텐데 미안하기도 했다.

하지만 일단 급한 불부터 꺼야 했다.

갑자기 영어 발표를 요구한 건 첼시 사장이 아니라 부사장이었다.

사실 박용신 총괄본부장한테 듣기도 했지만, 유빈을 찍어서 영어 발표를 시키자고 한 사람은 마찬가지로 부사장이었다.

갑자기 그러는 부사장이 의아했지만 어쩔 수 없었다.

어떻게 보면 장결희 본부장에게 진짜 상사는 최상렬 부사장이었다. 사장이야 보통 2년 단위로 본부나 아시아 지부에서 온 다른 사람과 교체가 되었다.

하지만 부사장은 근 10년간 자리를 지키고 있는 실세였다. 그런 그의 말을 무시할 수는 없었다.

"무슨 일이죠?"

발표가 지연되자 첼시 사장이 옆에 앉아 있는 최상렬에게 물었다.

"아, 영어로 발표한다고 준비하는 모양입니다."

표정 하나 바뀌지 않고 최상렬이 능숙한 영어로 대답했다.

"저 때문인가요? 그럴 필요까지는 없는데. 하지만 미스터 킴이라면 상관없겠군요."

"네? 저 친구를 아십니까?"

"후훗, 조금은 알죠."

사장의 답변에 최상렬의 머릿속이 복잡해졌다. 아무리 생각해도 신입사원과 첼시 사장의 연결고리로 떠오르는 게 없었다.

첼시 사장은 편안하게 유빈을 지켜보고 있었다. 그녀의 눈빛에서 읽을 수 있는 감정은 신뢰였다.

"아아, 마이크 테스트. 아, 죄송합니다. 발표를 시작하기 전에 양해의 말씀을 드리겠습니다. 사장님이 갑자기 참석하신 관계로 영어로 발표하겠습니다. 준비한 것이 아니어서 진행이 매끄럽지 않을 수도 있습니다. 감안하고 봐 주시면 감사드리겠습니다."

유빈의 말에 콘퍼런스장이 웅성거렸다.

이혁 지점장은 당황을 넘어 황당하다는 표정을 지었다. 유빈은 분명 한국어로 발표를 준비했다. 갑자기 영어 발표를 할 수 있을 리가 없었다.

'그런데 저 녀석은 긴장도 안 되나?'

써니힐병원 세미나를 통해 강심장인 것은 알고 있었다.

그렇다 해도 유빈의 표정은 너무나 평온했다.

이혁은 긴장되면서도 왠지 믿음이 가는 건 어쩔 수 없었다.

주서윤도 마찬가지 감정이었다. 분명 어젯밤에 유빈이 발표 자료를 바꾼다고 했다.

만약 그렇다면 안 그래도 준비가 부족할 텐데 영어로 발표해야 한다니…….

그녀 역시 걱정스럽게 유빈을 쳐다봤다.

하지만 둘과는 반대로 편하게 이 상황을 지켜보는 이들도 있었다.

바로 유빈의 입사 동기들이었다.

제프리 마이어스 회장과의 대담에서 유빈의 능력을 이미 확인했기 때문이었다.

같은 동기인데도 벌써 베스트 MR에 발표까지 하니 질투가 날 리도 하건만. 그런 생각을 하는 사람은 거의 없었다.

연수 동안 유빈이 쌓아 놓은 인덕 덕분이었다.

오히려 같은 신입사원으로서 선배들을 놀라게 해 줬으면 하는 바람이 컸다.

"좋은 아침입니다. 어제저녁 즐거운 시간을 보내서 조금 힘드시겠지만, 경청해 주시면 감사드리겠습니다. 그럼 목차부터 보겠습니다."

일목요연한 목차에 이어 화려한 그래픽으로 유빈의 담당 지역이 화면에 나타났다.

하지만 프레젠테이션 파일보다 더 인상적인 것은 유빈의 영어였다.

알아듣기 좋은 발음과 쉬운 단어로 구성된 문장. 마치 한국말인 것처럼 막힘없이 흘러가는 진행.

준비하지 않았다는 말이 거짓말로 느껴질 정도였다.

영어로 발표한다고 하자 아예 들을 생각이 없었던 몇 명이 고개를 드는 것이 보였다.

물론 쉬운 일은 아니었다.

유빈은 일부러 기초적인 단어만 사용했다. 영어보다는 내용이 이해될 수 있도록 신경을 쓴 것이었다.

평소보다 조금 느릿하게 말하면서 시각 자료를 최대한 활용해 말을 줄였다.

유빈의 발표를 듣는 청중들은 마치 한국말을 듣는 느낌을 받았다.

외국계 회사에 다닌다고 영어를 다 잘하는 것은 아니었다. 공인영어 점수와 회화 실력이 일치하는 것은 절대 아니었다.

그럼에도 불구하고 유빈이 사용하는 영어는 귀에 쏙쏙 들어왔다. 영어가 한국어처럼 들리자 그다음에는 발표 내용이 들렸다.

게다가 유빈의 발표는 이전 두 사람의 발표와는 완전히 방향이 달랐다.

실적 부분은 '너무 짧은 거 아니야'라는 말이 나올 정도로 짧게 넘어갔다.

주요 내용은 써니힐병원을 공략한 유빈의 영업 방법이었다. 영업사원이라면 숨길 법도 한 자신의 비결을 가감 없이 자료에 담았다.

물론 오라에 대한 부분은 넣지 않았다. 넣었다가는 한순간에 정신병자 취급당할 게 분명했다.

각 병원에서 유빈의 행동과 그에 따른 결과 그리고 그다음 단계로 이어지게 하는 영업 기술과 타임라인을 보며 직원들이 고개를 끄덕였다.

은산병원 이인규 교수를 활용한 단계에서는 10년 차 베테랑 MR들마저도 고개를 끄덕였다.

신입사원이라고는 믿을 수 없는 노련한 영업력이었다.

저런 방법이라면 나도 따라 할 수 있을 것 같다는 생각이 절로 들게 하는 발표였다.

집중된 분위기로 조용한 가운데 유빈의 발표가 막바지에 이르렀다.

"마지막으로 입사한 지 3개월 만에 이런 실적을 낼 수 있었던 것은 제 능력이 아니라 전 담당자분들 덕분인 것 같습니다. 같은 팀 홍정호 선배님과 마케팅 주서윤 선배님께 이 자리를 빌려 감사드립니다. 이상 마치겠습니다."

마지막 말과 함께 고개를 숙이자 마음이 담긴 시원한 박수가 쏟아졌다.

유빈이 웃으며 마지막 PPT를 화면에 올렸다.

회식 자리에서 활짝 웃고 있는 강북 2팀의 팀 사진이었다.

"이혁 지점장은 좋겠어."

이혁의 옆자리에 앉아 있던 강북 3팀 지점장이 허리를 찔렀다. 진짜 부러워하는 표정이었다.

이혁은 아니라고 말하면서도 유빈이 띄워 놓은 사진에서 눈을 떼지 못했다.

지점장이 되고 난 이후에 이렇게 뿌듯한 적이 없었다.

홍정호도 유빈이 많은 사람 앞에서 자신을 거론한 것에 감동한 눈치였다. 누구보다 박수를 세게 치고 있었다.

첼시 사장의 얼굴에도 만족스러운 미소가 그려졌다.

유빈의 영어 실력은 알고 있었지만, 능력 또한 출중하다는 것을 알 수 있는 발표였다.

그녀는 유빈을 다시 한 번 눈여겨봤다.

아무리 봐도 MR로만 머무를 인재는 아닌 것 같았다.

"질문이 있는데요."

첼시 사장이 손을 들자 방 안이 조용해졌다.

"네, 말씀하십시오."

유빈도 마이크를 다시 들었다.

"훌륭한 발표였습니다. 다행히 영어여서 이해할 수 있었네요. 호호."

첼시 사장의 유머에 곳곳에서 웃음이 터졌다.

"그런데 제가 지금까지 봐 온 베스트 MR 발표와는 달랐던 것 같습니다. 실적 자체보다 과정에 집중했더군요. 그렇게 한 이유가 있나요?"

"네. 저도 사실은 실적 증가 위주의 발표를 준비했었습니다. 그런데 제가 좋아하는 어떤 분께서 깨우침을 줘서 내용을 바꿨습니다. 싸이클 미팅이라는 자리는 직원의 화합을 도모하고 서로 배우는 자리라고 생각합니다. 그런 취지에서 부족하지만, 제가 했던 방법을 발표하는 데 중점을 뒀습니다."

유빈은 영어로 대답하면서 슬쩍 마케팅 팀원들이 모여 있는 곳을 쳐다봤다.

물론 주서윤을 향한 시선이었다.

시선의 의미를 알아차렸는지 주서윤의 얼굴이 붉어졌다.

좋아하는 분이라니. 그냥 한 말일까, 아니면 말뜻 그대로일까. 심장이 두근거렸다.

답변을 들은 첼시 사장이 엄지를 들고 한마디를 내뱉었다.

"Excellent!"

박수 소리와 함께 첼시 사장이 단상 위로 올라갔다.

"이렇게 훌륭한 여성건강사업부 싸이클 미팅에 참석하게 돼서 매우 흥분됩니다. 우선 뛰어난 실적을 보인 여기 계신 여러분 모두와 장 본부장에게 감사드립니다."

그녀의 말에 유빈이 발표를 마쳤을 때부터 얼굴이 활짝 핀 장결희 본부장이 고개를 숙였다.

"MR 여러분께 한 가지 공지할 것이 있습니다. 작년에 우리 제네스 코리아에서는 한 해 가장 실적이 좋았던 PM을 뉴욕 본사로 2주간 하이 퍼포머(High-Performer) 위크에 보내 줬습니다. 그런데 올해에는 PM뿐만이 아니라 각 부서의 베스트 MR 또한 대상자가 되었습니다!"

첼시 사장의 이야기를 들은 유빈의 눈빛이 빛났다.

뉴욕 본사를 맛볼 수 있는 기회였다.

잘하면 마크 램버트 CEO도 대면할 수 있을지 몰랐다.

말로 듣는 것과 직접 만나 보는 것은 하늘과 땅 차이였다.

지피지기면 백전백승.

그에 대해 좀 더 많은 것을 알 필요가 있었다.

유빈에게는 절호의 기회였다.

하지만 눈빛이 달라진 건 유빈뿐만이 아니었다.

그중에서도 최석원은 그 자리는 당연히 내 것으로 생각했다. 아버지를 뛰어넘기 위해서는 더 큰물에서 놀아야 했다. 기회는 그곳에 있었다.

이렇게 좋은 기회를 놓칠 수 없었다.

작년이었으면 베스트 MR이 될 것을 의심치 않았다. 그렇지만 올해는 장애물이 있었다.

바로 김유빈이었다.

하지만 최석원은 자신 있었다.

녀석에게 없는 것이 자신에게는 있었다. 바로 아버지라는 든든한 배경이었다.

무슨 인연인지 마주친 두 사람의 눈빛이 허공에서 부딪혔다.

진짜 경쟁은 이제부터 시작이었다.

"베스트 MR은 아직 정해지지 않았습니다. 여기 앉아 있는 누구에게도 가능성은 열려 있습니다."

첼시 사장의 말이 두 사람의 관계를 대변해 주는 것 같았다.

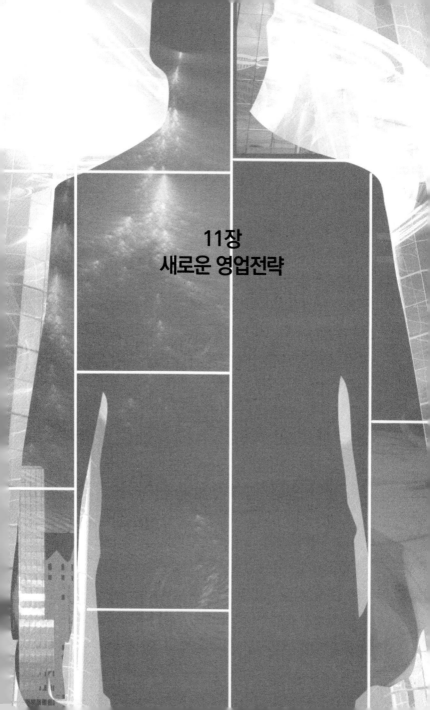

11장
새로운 영업전략

"어머니 돈 부쳤어요."

─유빈아, 너 무리하는 거 아니니? 전에 보내 주던 돈보다 너무 많구나.

"아니에요. 회사가 좋아서 월급이 많아진 거예요. 걱정 마세요. 그리고 백화점 상품권 우편으로 보냈어요. 집에만 있지 마시고 백화점 가서 옷도 사 입고 그러세요."

─아이고, 무슨 상품권을 보냈니? 안 그래도 되는데…….

"벌써 보냈어요. 이번에 회사에서 상품으로 받은 거예요."

─그래? 그래도 너 쓰지.

말로는 뭐라고 하시지만, 좋아하는 어머님의 마음이 전화기로 전해졌다.

유빈은 그저 더 못 드려서 죄송할 뿐이었다.

그래도 다행인 건 제네스의 인센티브 제도가 타 회사와 비교해 파격적이라는 사실이었다.

보통 아무리 달성률이 높아도 인센티브는 연봉의 50%, 많은 경우에는 100%가 상한선이었다.

하지만 제네스에는 상한선이 없었다.

유빈이 만약 목표대비 150%의 달성률을 성취한다면 제네스에서는 100%의 초과분에 대한 인센티브를 고스란히 받을 수 있었다.

파격적인 제네스의 인센티브 정책으로 계산을 하면 지금 연봉이 5천만 원이니 대략 1억 원을 인센티브로 받을 수 있었다.

쿼터를 설정할 때 상위권을 110% 정도로 보기 때문에 그 이상이 나오면 가산점이 나왔다.

실적이 높아질수록 가산점은 올라가고 금액의 증가폭이 컸다.

영업을 중시하는 제네스에서만 가능한 일이었다.

올해 실적을 얼마나 받을지는 모르지만, 유빈은 받은 인센티브는 고스란히 어머니 집을 옮기는 데 보탤 생각이었다.

어머니와의 전화를 끊은 유빈은 침대에 눕기 전에 호심법을 수련했다.

눈을 감자 섭지코지에서 바라본 제주도의 푸른 바다가 눈앞에 어른거렸다. 싸이클 미팅에 다녀온 지 일주일이 지났지만, 여운이 아직 남아 있었다.

제주도에서의 마지막 밤, 역시나 사람들을 술로 보내 버리고 유빈은 전날처럼 섭지코지에서 수련에 심취했다.

충만한 자연이 기운이 주는 희열은 무엇보다 강렬했다.

호흡에 집중하고 있는 순간, 유빈의 머릿속에 또다시 낯선 풍경이 떠올랐다.

경험적으로 세 번째 전생이 드러나려 한다는 사실을 알 수 있었다. 아직은 흐릿해 제대로 보이는 것은 없었지만, 제주도에서의 수련이 계기가 된 것은 확실했다.

가끔 서울을 벗어나 자연의 기운이 풍부한 곳에서 수련할 필요를 느꼈다.

무엇보다 최근 진전이 없었던 수련이 한 걸음 더 나아갔다는 사실이 즐거웠다.

최근 들어 오라의 힘도 더 강력해진 것 같은 느낌을 받기도 했다.

자주 사용하다 보니 익숙해진 점도 있지만, 예전에는 색만 보이던 오라에서 다른 뭔가가 느껴지기도 했다.

그 실체가 무엇인지 확인하기 위해서는 조금 더 수련이 깊어져야 할 것 같았다.

유빈은 조급해하지 않았다.

영업이든 수련이든 조급해할 필요가 없었다. 그저 오늘 하루를 열심히 살면 원하는 곳으로 길이 향했다.

아직 스승님처럼 만사에 초탈한 정도는 아니지만, 조금은 도인이 된 듯한 기분에 웃음이 나왔다.

스승님의 말씀이 옳았다.

도는 산속에만 있는 것이 아니었다. 삶 자체가 도였다.

처음 가 본 제주도의 유려한 풍경과 수련의 진전 때문이 아니더라도 이번 싸이클 미팅은 유빈에게 좋은 기억으로 남았다.

3박 4일 일정을 지나면서 유빈은 회사 사람들로부터 '주신'이라는 별명을 얻었다. 사람들은 유빈의 끝을 알 수 없는 주량에 호기심에서 두려움을 넘어 경외심까지 느꼈다.

이성재는 유빈이 보이기만 해도 슬슬 자리를 피했다.

베스트 MR 발표를 통해서는 사람들에게 강한 인상을 남겼다. 본부장에게 빚을 지운 건 덤이었다.

그리고 첼시 사장의 발표로 유빈은 목표에 대한 마음을 다시 한 번 다잡을 수 있었다.

뉴욕 본사에서 열리는 하이 퍼포머 위크의 참석은 본사

CEO를 목표로 하는 유빈에게 또 다른 기회임이 분명했다.

그러는 와중에 자신을 적대한 존재도 확인할 수 있었다. 최석원과 그의 아버지인 최상렬 부사장이었다.

유빈은 술자리에서 본부장이 지나가는 말로 부사장이 영어 발표를 시켰다는 말을 놓치지 않았다.

곧바로 술자리에서 부사장의 오라를 확인했다.

술을 따르는 유빈을 향해 인상 좋은 웃음과 조언을 해 줬지만, 오라는 완전히 정반대의 느낌이었다.

속마음을 그렇게 감쪽같이 숨기다니 소름이 끼칠 정도였다.

아버지인 최상렬만큼은 아니지만, 최석원도 마찬가지였다.

옆에서 보니 다른 팀의 지점장과 대화하며 경청하는 최석원의 오라는 완전한 무관심을 보였다. 겉으로는 고개를 끄덕이며 웃고 있지만 속은 텅 비어 있는 것 같았다.

그야말로 부전자전이었다.

유빈이 오라를 보는 능력이 없었다면 알아차리기 힘들 정도로 그들의 가면은 완벽했다.

중요한 점은 그게 사람들에게 먹힌다는 것이었다. 부자(父子)의 회사 내 평판은 더할 나위 없이 훌륭했다.

유빈의 실적이 앞서 가면 그들은 분명히 태클을 걸 것

이다. 어떤 식으로 도발해 올지는 모르지만, 드러나게 하지는 않을 것 같았다.

하지만 유빈은 누구에게도 베스트 MR을 빼앗길 생각이 없었다.

이제는 어떤 도전도 이겨 낼 자신이 있었다.

다음 날 아침, 토요일이었지만 유빈은 이른 아침 도봉구로 차를 몰았다.

싸이클 미팅에 다녀온 후 정리한 하반기 영업 구상을 구체화할 필요가 있었다.

유빈은 최석원과 김나리의 발표를 보면서 깨달은 것이 있었다. 자신의 영업 방식이 근본적으로 그들의 영업 방식과 크게 다른 점이 없다는 것이었다.

그건 그저 실적만을 위한 영업이었다.

영업사원에게 실적이 전부라고 할 수도 있다. 그렇지만 유빈이 생각하는 진정한 영업은 고객에게 조금이라도 도움이 되는 것이었다.

그리고 제약영업이기 때문에 고객인 의사를 도와주는 것을 넘어 실제로 약을 처방받고 복용하는 환자에게 도움이 되는 영업을 하고 싶었다.

전생의 경험이 없었다면 유빈도 그들과 마찬가지로 가장 효율적인 방법을 유지했을 것이다.

하지만 가장 효율적인 방법이 항상 최선의 결과를 가져오는 것은 아니었다.

유빈이 하반기부터 하려는 방법은 많은 성공한 영업사원의 길과는 완전히 다른 길이었다. 오히려 반대 방향이었다.

그렇지만 상위 20%에만 집중해서는 남들과 비슷한 결과를 얻을 가능성이 컸다.

고민은 있었다.

타깃은 정했지만, 아직 구체적인 방법은 떠오르지 않았다. 토요일에 유빈이 담당 지역을 방문한 이유였다.

"여기는 토요일에도 환자가 없구나."

도봉구의 한 병원 앞에 도착한 유빈이 한참을 서서 주변을 살폈다.

굳이 병원으로 들어가 보지 않아도 알 수 있었다.

건물로 들어가는 사람이 거의 없었다.

확실히 환자로 넘쳐 나는 상위권 병원을 제외한 나머지 병원은 상황이 좋지 않았다.

몇 군데를 돌아다녀 봐도 똑같았다.

우리나라의 빈부 격차만큼이나 대학병원과 대형 여성병원으로의 환자 쏠림 현상은 심각했다.

"어라, 제네스 김유빈 씨 아니에요?"

"아, 원장님. 안녕하십니까."

돌아서려는데 건물에서 나온 40대의 여자가 유빈을 알아보고 다가왔다. 아는 사람이 아니었다면 그저 푸근한 인상의 동네 옆집 아줌마로 생각할 정도였다.

하지만 그녀는 유빈이 바라보고 있던 병원의 원장이었다.

"정장을 입고 있지 않아서 긴가민가했어요. 아유, 청바지 입고 그러니까 대학생이네요. 대학생. 호호."

"그런가요? 저도 원장님이 가운을 입지 않고 계셔서 못 알아볼 뻔했습니다. 하하."

"호호, 다들 그래요."

"그런데 토요일에 이쪽은 무슨 일이에요? 옷 입은 거 봐서 일하러 다니는 것은 아니겠고……."

"아, 일이 있어서 지나던 길이었습니다. 그런데 어디 가세요? 아직 진료시간인 것 같은데……."

"환자도 없고 시켜먹는 것도 지겹고, 그래서 혼자 나왔어요. 이 간은 귀찮다고 그냥 안 먹는다고 그러네. 어머, 잘됐다. 김유빈 씨 같이 점심 먹을래요? 내가 살게요."

"네?"

김이진 원장은 도봉구에서만 이십 년 가까이 병원을 운영해 왔다.

병원을 열었을 때만 해도 산모를 비롯해 밀려오는 환자 때문에 점심도 못 먹을 정도로 바빴다.

하지만 저출산 기조가 이어지고 또 인터넷이 대중화되면서 홈페이지도 없는 병원의 운영은 점점 어려워졌다.

그러면서 처방은 점점 줄어들고 예전에는 뻔질나게 드나들던 제약회사 MR도 점점 방문을 꺼리는 병원이 되었다.

유빈 또한 홍정호에게 인수인계를 받을 때, 그가 전해 준 사랑산부인과의 등급은 C였다.

홍정호는 입사 초에 병원을 한 번 방문하고는 다시는 사랑산부인과를 방문하지 않았다.

그렇지만 유빈은 달랐다. 김이진 원장과 이야기를 나눠 본 유빈은 정기적으로 병원을 방문해 기믹(판촉품)도 드리고 자료도 열심히 가져다 드렸다.

유빈이 보기에 권위 의식이 없고 친근한 성격의 김이진 원장은 진짜로 환자를 위하는 명의였다.

사실 영업사원의 이름까지 기억하는 원장이 몇 명이나 되겠는가.

지금처럼 성큼 영업사원에게 밥 사 주겠다면서 가자고 하는 원장이 몇 명이나 되겠는가.

유빈은 김이진 원장을 보면 왠지 어머니가 생각났다.

어떻게든 도와주고 싶었다.

"에고, 내가 주책없네. 이렇게 잘생긴 총각한테 아줌마가 밥 먹으러 가자고 그러고. 신경 쓰지 마요. 바쁠 텐데 다음에 병원에서 만나요."

"아닙니다. 원장님. 원장님이 사 주신다는데 가야죠. 저 누가 사 주는 거 엄청 좋아합니다!"

"호호, 그래요? 그럼 요 앞에 꼬리곰탕집 맛있는데 갈래요? 메뉴도 너무 올드한가?"

"탁월한 선택이십니다. 원장님. 가시죠."

가게는 허름했지만, 맛집인 모양이었다.

식당은 손님으로 바글거렸다.

"우리 병원도 예전에는 환자가 이렇게 많았는데."

한참 식사를 하던 김이진 원장이 씁쓸한 표정으로 말했다.

"요즘에는 피부미용 쪽 위주로 하는 원장님도 많은데 혹시 그런 쪽은 생각 안 해 보셨어요?"

"안 그래도 도봉구에 그런 원장님 정말 많죠. 그래도 저는 별로 그러고 싶지 않아요. 산부인과로 전문의를 땄는데……. 그렇게까지는 하고 싶지 않아요. 그리고 전 산부인과가 좋아요."

유빈이 김이진 원장을 좋아하는 이유가 여기 있었다.

그녀는 자신의 전공을 좋아했다. 자부심도 있었다.

아직도 분만을 접지 않은 이유도 그런 것 때문이었다.

요즘은 시골 벽지가 아니고서는 개인 병원에서 분만하는 병원은 거의 없었다.

"네, 그럼 홈페이지라도 만들어 보시는 건 어떠세요?"

"음, 저도 알아보기는 했는데 비용도 비싸고 유지하기도 힘들 것 같아서 관뒀어요. 홈페이지가 생긴다고 환자가 많이 늘 것 같지도 않고요."

하긴 홈페이지만으로는 무리였다.

요즘 대학가 근처에는 산부인과라는 이름을 버리고 여성 병원 또는 여성의원이라는 타이틀로 운영하는 병원이 꽤 있었다.

미혼 여성이 쉽게 들어올 수 있도록 인테리어도 카페처럼 세련되었고 홈페이지도 피부과 저리가라였다.

게다가 대부분 체인 병원이기 때문에 자금력도 있어서 광고에도 돈을 아끼지 않았다.

미혼 여성이나 여대생들이 그쪽으로 가지 않을 이유가 없었다.

"근처에 선덕여대가 있잖아요. 거기 학생들은 많이 안 오나요?"

"거의 안 와요. 가까우니까 초진(처음 진료 오는)환자는 가끔 있지만, 재진은 거의 없어요. 동네 아줌마들이 주로 오지 뭐."

확실히 이야기를 나눠 보니 병원의 실상을 조금 더 자세히 알 수 있었다. 유빈의 머리가 빠르게 돌아가기 시작했다. 방법이 있을 것도 같았다.

확실히 쉬운 길은 아니었다.

하지만 유빈이 선택한 길이었다. 그리고 김이진 원장처럼 유빈도 자기 일을 좋아했다.

"이러다가 병원 접는 건 아닌지 모르겠어요."

고민을 털어놓다 보니 김이진 원장도 평소에 하던 걱정이 튀어나왔다. MR을 상대로 이야기할 내용은 아니었지만, 진심으로 위해 주는 유빈의 눈빛을 보니 이야기가 절로 나왔다.

"걱정 마세요. 원장님. 잘될 겁니다. 제가 도와 드리겠습니다."

김이진 원장이 유빈의 말에 미소를 그렸다. 젊은 친구가 참 고마웠다. 이상하게도 안심이 되기도 했다. 하지만 그냥 하는 말이려니 생각했다.

말은 고마웠지만, 지금 처해 있는 상황이 쉽게 해결될 수 없는 거라는 것은 그녀가 더 잘 알고 있었다.

"감사합니다. 원장님."

최석원은 강남구 의사회 회장인 김세윤 원장에게 깊숙이 고개를 숙였다.

그가 자리를 마련해 준 강남구 산부인과 의사회가 성황리에 끝났기 때문이었다.

김세윤 원장이 적극적으로 나서 준 덕분에 개인주의자가 많은 강남구 의사회에 그 어느 때보다 많은 의사가 참석했다.

물론 공짜는 아니었다.

다음 주 주말에 김세윤 원장과 아버지는 해외로 골프 여행이 계획되어 있다.

김세윤 원장의 요청에 따라 세미나 장소도 무리하게 잡았다.

규정상 의사 1인당 허용된 식사 금액은 5만 원이었다. 하지만 최석원이 선택한 일식집은 1인당 10만 원이 기본인 식당이었다.

'젠장. C급 병원 어중이떠중이 원장까지 대거 참석하는 바람에 비용이 예상보다 많이 들었어. 분당구에서는 A급 병원 원장들만 모일 수 있도록 아예 모임을 하나 만들어야겠어.'

고급 음식점에서 의사회가 열리다 보니 평소에 참석하지 않는 원장들도 대거 참석했다.

최석원은 별 도움이 되지도 않는 원장들이 참석한 것이 씁쓸할 뿐이었다.

하지만 외적으로는 그 어느 때보다 성공한 의사회여서 김세윤 원장을 만족하게 한 것으로 위안 삼을 수밖에 없었다.

오늘 나온 세미나 금액은 최석원의 법인 카드 1일 한도액으로는 감당할 수 없을 정도였다. 하지만 그에게는 강남 1팀 박성강 지점장의 전폭적인 지원이 있었다.

부사장 라인인 박성강 지점장이 최석원을 돕는 것은 당연했다. 최석원은 자신의 카드와 지점장의 카드를 연속으로 긁었다.

"오늘 수고했어."

김세윤 원장이 고개를 숙이고 있는 최석원의 등을 두드렸다. 그러고는 특유의 능글능글한 표정으로 속삭였다.

"최 부사장하고 열 시에 공항에서 만나기로 했는데, 그냥 우리 집에서 같이 출발하면 안 되나? 집도 가깝고 최 부사장 전용기사도 있잖아. 그게 편할 것 같은데."

"……아무래도 그쪽이 편하시겠죠? 제가 부사장님한테 말씀드리고 바로 다시 연락드리겠습니다."

"그래그래. 최석원 씨는 일 처리가 깔끔해서 좋단 말이야. 그리고 여기서 끝낼 거는 아니지? 내가 좋은 데 아는데 거기서 한잔 더 할까?"

"……그럼요. 원장님. 여기서 끝내면 아쉽죠. 먼저 출발하시면 저희 마케팅 직원 먼저 보내고 합류하겠습니다."

"그래, 거기 위치가 말이지……."

김세윤 원장을 대리기사와 함께 차에 실어 보내자 사람 좋게 웃고 있던 최석원의 얼굴에서 미소가 싹 사라졌다.

"쓰레기 같은 자식."

일 년에 십수 억을 버는 사람이 공짜는 더럽게 밝혔다. 아버지와의 골프여행과 1인당 십만 원이 든 의사회, 그리고 2차까지.

제약회사 돈이라면 마지막 한 방울까지 쪽쪽 빨아먹을 기세였다.

그래도 어쩌겠는가.

실적을 위해서라면 참을 수밖에 없었다.

잠깐 기분 더럽고 회사에서 잘나가는 편이 최석원에게는 몇 배 이득이었다.

오늘 의사회에는 마케팅에서 PM이 세 명이나 참석했다. 젤레크와 피레논 그리고 엔젤로를 최석원을 대신해 발표한 것이었다.

대형 세미나이거나 대학 병원 세미나인 경우에는 마케팅 PM의 지원을 받는 경우가 종종 있기는 했다. 하지만 하나의 구에서 열린 세미나에 PM이 세 명이나 참석한 것은 유례없는 일이었다.

최석원이 무리해서라도 PM을 세 명이나 초청한 데는 이유가 있었다.

사실 진료 시간 도중 온전히 디테일링을 하는 것은 매우 어려운 일이었다.

디테일링도 어쨌든 의사의 영업시간을 빼앗는 일이었다. 그래서 이런 대형 세미나가 잘 끝나면 실적이 눈에 띄게 올라갔다.

의사라고 제품에 대해 완벽하게 알지는 못했다.

세미나에서 특정 질병에 대한 몰랐던 효과를 확인하거나 참석한 다른 원장들과 이야기하다 보면 처방의 범위가 넓어지기 때문이었다.

마케팅 PM의 대리 발표는 그런 의미에서 효율을 극대화하는 방법이었다.

"바쁘실 텐데 이렇게 와 주셔서 감사합니다."

다시 가면을 쓴 최석원이 식당 안으로 들어갔다. PM 세 명이 모여서 이야기를 나누고 있었다.

여성건강 사업부이다 보니 마케팅 부서의 대부분 직원은 여성이었다. PM도 예외는 아니었다.

"이것도 우리 일인데요. 뭐. 그런데 여기 비싸지 않아요? 저 영업할 때는 이런 데서 세미나 하는 건 꿈도 못 꿨는데."

젤레크 PM인 박다혜가 의문을 던졌다.

"아, 사실은 여기 식당 오너와 친분이 있어서 특별히 5만 원으로 가격을 맞췄습니다."

"와아, 능력 있네요. 오늘 식사가 5만 원짜리 같지는 않던 데……."

최석원의 눈썹이 살짝 꿈틀거렸다.

"아는 사람이라 잘 챙겨 준 모양입니다."

"박 주임, 최석원 씨가 알아서 잘했겠지. 그죠? 최석원 씨."

연장자인 엔젤로 PM 홍경은 과장이 박다혜를 가로막았다. 홍경은은 두 아이의 엄마이면서 마케팅 부서의 대표적인 워커홀릭이었다.

"네, 걱정 안 하셔도 됩니다."

웃는 얼굴로 다시 돌아온 최석원이 확실하게 답했다.

"그래요. 그럼 우린 다시 회사로 돌아가겠습니다. 오늘 수고했어요."

"과장님, 이렇게 셋이 나온 것도 오랜만인데 저희도 단합대회 한 번 해요. 요즘 너무 바빠서 맥주 한잔도 못 했잖아요."

홍 과장의 말에 피레논 서인아 PM의 표정이 울상이 되었다.

"서 주임, 제주도 가서 술 먹고 기절한 사람이 누구였더라?"

"네? 아니, 그건…… 아이, 과장님. 싸이클 미팅은 제외하고요."

"알았어요. 그럼 회사 근처로 가서 한잔해요."

"또 회사 들어가시려는 거죠? 전 안 들어갈 거예요. 오늘 죽을 때까지 마실 거예요!"

"저, 그럼 전 먼저 가 보겠습니다."

여자들의 대화가 끝날 것 같지 않자 기다리던 최석원이 마지못해 끼어들었다.

"어머, 미안해요. 석원 씨, 그럼 회사에서 봐요."

"네, 오늘 감사했습니다."

나가는 최석원의 귀에 박다혜의 목소리가 작게 들렸다.

"그런데 과장님, 어떻게 차장님이 저희 셋 다 세미나에 가는 걸 허락한 거예요?"

"글쎄 나도 모르겠네. 하긴 보통 때 같으면 한 명만 가라고 하실 텐데 이번에는 별말씀이 없으셨어."

"아무튼, 이번 세미나는 조금 이상해요. 이 정도 규모면 MR 혼자서 처리하기에는 비용적으로도 무리일 텐데, 게다가 PM도 셋이나 참석하고."

"됐어. 영업부에서 알아서 하겠지. 자기는 미드를 너무 봤어. 무슨 문제만 있으면 음모 이론이니."

"과장님, 그게 아니라니까요. 빅브라더는 진짜 있어요……."

PM들의 목소리가 더는 들리지 않는 장소까지 멀어지자 최석원이 전화기를 꺼내 들었다.

"원장님, 지금 출발하겠습니다."

박다혜 주임을 구슬려 놓을 필요가 있다고 생각하며 차에 오르는 최석원의 얼굴이 얼음장처럼 차가웠다.

다음 달에 있을 대학병원 교수 모임과 아직 일정은 잡히지 않았지만, 분당구 모임까지 하면 실적은 한 단계 높아질 것이 분명했다.

아버지의 힘이 컸지만, 최석원은 올해만큼은 뒤를 돌아보지 않을 생각이었다.

자신의 영업력에 아버지의 도움까지 받는다면 유빈이 아무리 발버둥 쳐도 따라올 수 있을 리가 없었다.

유빈에게 타격을 줄 방법은 이미 생각해 놓았다.

아버지와 자신이 양쪽에서 타격을 준다면 유빈의 실적이 주춤하는 것은 물론, 어렵게 쌓아 놓은 공든 탑이 무너지는 것도 한순간일 수 있었다.

물론 그것이 최석원이 바라는 최상의 시나리오였다.

유빈은 다시 커피를 한 모금 마셨다.

여러 가지 생각이 떠올랐지만, '이거다' 하는 것이 없었다.

유빈의 타깃은 사랑산부인과뿐만은 아니었다.

토요일 내내 담당 지역을 돌아다녔다.

사랑산부인과와 비슷한 상황에 처해 있으면서 잠재력이 있다고 판단되는 병원의 정보를 최대한 수집했다.

가장 큰 문제는 원장들의 마인드였다.

병원이 잘되기를 원하면서도 변화는 두려워했다.

오늘따라 커피가 쓰게 느껴졌다.

유빈은 머리도 식힐 겸 커피숍 안을 한 번 둘러봤다.

작은 매장 안에는 유빈과 단 한 명의 손님밖에 없었다.

하지만 그마저 유빈이 고민하는 사이 밖으로 나갔다.

커피숍은 집 근처에 있고 와이파이가 잘 터져서 유빈이 퇴근 후에 행정 일을 하기 위해 매일 들르는 장소였다.

"오랜만에 오셨네요?"

"네?"

생각에 사로잡혀 있던 유빈이 자기도 모르게 큰 소리를 냈다. 고개를 돌려보니 커피숍 종업원이 얼굴이 빨개진 채서 있었다.

유빈의 큰 목소리에 놀란 모양이었다.

가끔 눈인사를 주고받기는 했지만, 목소리를 들은 것은 처음이었다.

앳돼 보이는 외모는 요즘 한창 텔레비전에 자주 나오는 여자 아이돌과 비슷했다.

귀여운 얼굴이어서 남자들한테 꽤 인기가 있을 것 같았다.

"놀랐죠? 다른 생각을 하고 있어서…… 아, 그리고 회사에 일이 있어서 지방에 다녀오느라고 며칠 못 왔어요."

"네? 회사…… 다니세요?"

'이런.'

아무리 집에서나 입는 편한 옷을 입고 온다고 해도 백수로 보이다니.

"아, 죄송해요. 전 대학생인 줄 알았거든요."

이건 또 무슨 소리. 연세 있으신 여원장님들에게 가끔 듣는 말이기는 했지만, 이렇게 어린 여자한테 듣는 건 처음이었다.

"매일 오셨는데 며칠 안 보이셔서 저도 모르게 말을 걸었네요. 방해했다면 죄송해요."

유빈이 멍하니 있자 가슴 앞에 쟁반을 든 채로 종업원 아가씨가 급하게 자리를 뜨려 했다.

"괜찮아요. 전혀 안 바쁩니다. 그런데 제가 정말로 대학생처럼 보이나요?"

"네, 진짜로요. 저는 제 또래인 줄 알았어요."

"설마요. 저 서른하나입니다."

"정말요? 대박! 정말 그렇게 안 보여요!"

호들갑 떠는 아가씨의 오라를 보니 거짓말은 아니었다.

오히려 유빈에 대한 호감이 강하게 느껴졌다.

요즘 병원에 다니면 간호사들이 잘해 준다는 느낌을 받기는 했다. 하지만 이십 대 초반으로 보이는 아가씨가 호감을 보이다니 예전에는 상상도 못 할 일이었다.

"커험, 아무튼 고마워요. 그쪽은 대학생인가 봐요."

"네, 집이 근처라서 저녁에만 알바하고 있어요.

"엇, 저도 바로 옆에 사는데. 이웃 사촌이네요."

일 이야기가 아니라 일반적인 이야기를 하니 유빈은 기분이 새로웠다. 뭔가 재충전되는 느낌이었다.

요즘 너무 일만 생각한 것 같았다. 여유를 가질 필요가 있었다. 아이디어는 뜬금없는 곳에서 튀어나올 때가 많았다.

"저 그럼 이웃 사촌이니까…… . 오빠라고 불러도 돼요?"

얼굴이 새빨개진 종업원이 속사포 랩처럼 말을 꺼냈다.

"어, 그럼요. 제 이름은 김유빈입니다."

"정말요? 김유빈 오빠. 전 최은아예요."

확실히 요즘 친구답게 친해지는 것도 빨랐다.

조금 더 이야기를 나누다 보니 고민도 털어놨다.

사실 유빈도 요즘 여대생은 어떤 생각을 하는지 궁금했다. 조금 더 친해지면 산부인과에 대한 인식 같은 것도 물어볼 수 있을 것 같았다.

"오빠, 다음 달에 우리 학교에서 축제해요."

"축제?"

"네, 우리 과에서는 주점 하는데 오빠 꼭 놀러 오세요. 오시면 제가 소개팅 주선해 줄게요."

"크흠, 여대생하고 소개팅? 꼭 가야겠는데. 그런데 학교가 어디야?"

"선덕여대예요. 아시죠? 도봉구에 있는 학교요."

"무슨 일이 있어도 꼭 간다!"

결의 넘치는 대답에 웃고 있는 최은아를 보며 유빈은 떠오르지 않던 생각이 정리되는 느낌을 받았다.

사랑산부인과는 선덕여대와 위치적으로 가장 가까이 있는 병원이었다.

이는 보기에 따라서 엄청난 이점이었다.

하지만 사랑산부인과는 그런 이점을 전혀 살리지 못하고 있었다. 오히려 어쩌다 여학생이 초진을 와도 다시는 오고 싶지 않은 분위기를 풍겼다.

대형 병원의 피레논 처방 실적은 200개에서 300개 정도였다.

선덕여대의 학생 수는 대략 칠천 명 정도.

여학생들만 정기적으로 병원을 방문해도 환자 풀은 충분했다. 클리닉에서도 대형 병원만큼의 처방이 충분히 나올 수 있는 풀이었다.

유빈의 담당 중 기대하는 약품은 피임약인 피레논이었다. 젤레크는 폐경 호르몬제, 엔젤로는 자궁내장치라 여대생과는 맞지 않았다.

피레논은 피임약이면서 호르몬 치료제이다.

피임약은 자궁내 부정출혈, 생리 주기 조절, 다낭성난소증후군 등 다양한 질병에 효과가 있다.

모두 젊은 여성들이 걸릴 수 있는 질병들이다.

사랑산부인과를 동네 아주머니들만 가는 올드한 병원에서 젊은 친구들이 쉽게 다가갈 수 있는 병원으로 만드는 것이 유빈의 계획이었다.

일반적인 영업이 아니므로 따라 할 만한 선례도 없었다. 장애물도 많을 것이 분명했다. 성공할 수 있을지 확신할 수도 없었다.

하지만 고객에게 도움이 된다면 그것이 진정한 영업이라고 생각하는 유빈에게는 즐거운 도전이었다.

선덕여대 축제까지는 아직 한 달이 남았다.

알아보니 노원구에 있는 세원여대도 비슷한 기간에 축제가 있었다.

한 달이라는 시간 동안 계획한 모든 것들을 실현할 수 있을지는 모르지만 그래도 일단 부딪혀 봐야 했다.

유빈이 여대 근처의 병원에 특히 집중한 이유는 잠재적인 환자 풀이 풍부하기 때문이었다.

그리고 만약 올해 이 두 여대에서 성공적으로 행사를 마치고 그것이 병원의 처방실적으로 이어진다면 내년에는 여대뿐만 아니라 남녀공학인 대학교에서도 진행할 생각이었다.

유빈은 우선순위를 정해 움직이기 시작했다.

─어머, 유빈 씨. 웬일이에요? 업무 시간에 전화를 다 하고.

전화기 너머서 주서윤의 반가운 목소리가 들려왔다.

싸이클 미팅 이후로 더 가까워진 둘은 하루가 멀다 하고 전화통화를 했다.

다만, 남녀 사이의 통화라기보다는 일과가 끝나면 일과 관련해 서로 힘든 점도 이야기하고 위로와 조언도 해 주는 그런 친구 같은 사이였다.

"하하, 업무시간에 전화했으니까 일 때문이겠죠?"

─유빈 씨 같은 슈퍼 MR이 마케팅 말단 AM(Assist Manager)인 저에게 무슨 볼일이신지?

확실히 전보다 유빈을 대하는 주서윤의 태도는 친근했다. 농담이 자연스럽게 나왔다.

"크흠, 선배님. 다름이 아니고 우리 OTC(Over The Counter, 병원 처방이 필요 없는 약품) 광고 싣고 있는 잡지사 있죠."

─잡지요? 네, 있어요. 한 열 개 정도 돼요. 왜 그러는데요? 병원에서 잡지 가져다 달래요?

"아니요. 그게 아니고……. 그럼 열 개 잡지사 중에 여대생 또래가 읽는 잡지가 뭐가 있을까요?"

─여대생이라면 엘싱글이나 소피 정도죠.

"혹시 두 잡지사에 광고 말고 프로젝트 기사도 싣고 있나요?"

프로젝트 기사는 잡지사와 협의해 쓰는 기사를 말한다. 여성건강사업부답게 여성의 생리 주기와 심리, 피임 그리고 미혼 여성의 성생활 등의 주제를 쓰고 동시에 그와 관련한 약품을 간접 광고하는 기사였다.

주서윤은 유빈이 뭘 궁금해하는지 몰랐지만, 그가 뭔가를 계획하고 있다는 사실은 알 수 있었다.

궁금했지만 일단은 유빈의 궁금증을 풀어 주는 데 최선을 다했다.

─음, 어디 보자. 엘싱글이 하고 있네요. 프로젝트 기사는 서 PM님이 담당이어서 정확한 내용은 모르지만 맞을

거예요.

"엘싱글이요? 알겠습니다. 고마워요. 서윤 님."

친해지고 난 후에 주서윤은 유빈이 부르는 선배님이라는 말이 너무 딱딱한 느낌이라서 싫다고 했다. 그래서 그 대신 부르는 호칭이 서윤 님이었다.

아직은 익숙하지 않아서 번갈아 가면서 사용하고 있었지만.

─나중에 무슨 일인지 꼭 가르쳐 줘야 해요.

"물론이죠. 서윤 님 도움이 필요할지도 몰라요. 저녁에 다시 전화할게요."

─네, 운전 조심하세요.

주서윤은 끊어진 전화기를 잠시 쳐다봤다.

방금 자신의 말투가 일 나간 남편을 걱정하는 아내 같았다.

'그럼 우린 회사에서 만나 결혼한 CC(company couple)인가? 어머, 주서윤, 무슨 생각을 하는 거야!'

혼자서 얼굴이 붉어진 채로 몽롱해 있던 주서윤이 고개를 마구 흔들었다.

"서윤 씨 더워? 더우면 에어컨 좀 세게 틀어."

주서윤이 무슨 생각을 하는지 알 리 없는 차장이 지나가며 한마디를 던졌다. 주서윤은 그저 심호흡으로 두근거리는 가습을 가라앉힐 수밖에 없었다.

단지 학교 안으로 들어왔는데도 왠지 어색했다.

유빈이 다녔던 학교와는 달리 캠퍼스는 여학생으로 가득
했다. 간간이 남자도 보였지만 압도적으로 여자가 많았다.

곳곳이 여대생들의 싱그럽고 젊은 에너지가 가득했다.

괜히 흐뭇해지는 건 어쩔 수 없었다.

유빈이 차를 몰고 온 학교는 선덕여대였다.

길을 물어물어 학생회관에 도착한 유빈이 건물 안으로 들
어갔다. 아직 축제가 한 달이나 남았는데도 곳곳에 붙어 있
는 플래카드와 포스터 때문인지 분위기가 들떠 보였다.

정장을 빼입고 모델 포스를 풍기는 유빈이 지나가자 건물
안에 있던 여대생들이 시선을 돌리지 못했다.

아무래도 여대 안이라서 그런지 쳐다보는 모습이 더 거리
낌이 없었다. 쓸데없이 들뜬 마음을 가라앉히며 유빈이 찾은
곳은 총학생회실이었다.

"실례합니다."

열려 있는 문을 두드리고 유빈이 방 안으로 한 걸음 들어
갔다.

"어디서 오셨죠? 아, 축제 때문에 오셨나요?"

여학생의 말에 유빈이 순간적으로 학생회실을 둘러봤다. 여기저기에 아직 뜯지 않은 향수와 화장품 샘플들이 보였다

여학생의 반응과 널려 있는 샘플로 볼 때 여러 기업이 축제에 참여하기 위해 이미 다녀간 것 같았다.

"네, 맞습니다. 그런데 기업 쪽은 아니고요. 학교 근처에 있는 사랑산부인과에서 나왔습니다."

"산부인과요?"

유빈의 대답에 멀찌감치 떨어져 있던 학생들도 관심을 보였다. 모델 같은 남자가 산부인과에서 왔다고 하니 그럴 만도 했다.

제약회사 직원이라고는 말할 수 없었다. 그럼 영리 목적이 너무 강해 보여서 거절당할 가능성이 컸다.

어쩔 수 없이 거짓말을 했지만, 유빈 스스로는 사랑산부인과에 고용된 사람이라고 생각하며 이야기를 했다.

유빈의 태도가 지극히 자연스럽고 호감이 가서 더 깊이 물어보는 학생은 없었다.

"저희 원장님은 대한산부인과의사회 소속으로 도봉구에 산부인과를 개원한 지 20년이 되셨습니다. 이번에 선덕여대에서 축제가 열린다는 말을 듣고는 재능기부를 하고 싶다고 하셔서 찾아왔습니다."

산부인과 의사라면 당연히 의사회 소속이지만 공신력 있게 보이기 위해 유빈은 말을 덧붙였다.

"재능기부라면 어떤 걸 말씀하시는 건가요?"

"축제 때 자리를 마련해 주시면 원장님께서 무료로 진료 상담을 해 드릴 생각입니다. 시간과 장소 때문에 깊이 있게 진료를 하지는 못하겠지만, 평소 산부인과에 내원하기를 꺼리는 학생들이라면 관심이 있을 것 같습니다."

처음 받아 보는 제안에 학생회 학생들은 서로를 쳐다볼 뿐 바로 대답을 하지는 못했다.

"병원 홍보 목적이 아니고 순수한 상담 봉사이기 때문에 부담 가질 필요는 없습니다."

유빈은 학생들이 걱정할 만한 내용을 안심시켰다.

재능기부라던가, 상담 봉사같이 좋은 의미의 단어를 일부러 부각시켰다.

병원 홍보라는 영리 목적이 있으면 참가비도 받아야 하고 절차가 복잡했다.

"괜찮을 것 같은데요."

서로 이야기를 나눈 후, 학생들이 고개를 끄덕였다.

기업 상품 홍보 위주의 축제보다는 산부인과 전문의의 상담이라면 여대에 맞는 컨셉이기도 했다.

"좋습니다. 대신 좋은 자리는 이미 선점이 되어서 위치는 외질 거예요. 홍보도 직접 하셔야 합니다."

여대생 중 한 명이 대표로 야무지게 주의점을 일러줬다.

"알겠습니다. 홍보는 저희 쪽에서 알아서 하겠습니다. 위치가 정해지면 연락 주세요."

유빈이 명함을 건넸다. 물론 제네스 명함이 아닌 개인적으로 만든 명함이었다.

학생회장으로 보이는 여학생이 명함을 받았다.

구체적인 내용을 조금 더 상의한 후 유빈이 인사를 하고 나가자 학생들끼리 서로 명함을 보자며 다투는 소리가 뒤에서 들려왔다.

하나의 관문은 넘었고 이제 가장 큰 관문을 넘어야 했다.

모든 것은 김이진 원장이 '예스'를 해야 진행될 수 있는 일이었다.

도매부 전광용 상무는 조심스럽게 최상렬 부사장의 앞에 앉아 있었다.

몇십 년을 같은 회사에서 근무했지만, 상대하기 어려운 사람이었다. 게다가 이렇게 사무실로 불려 온 것도 정말 오랜만의 일이었다.

"아, 미안하네. 기다리게 했군."

"아닙니다. 부사장님."

"요즘 일은 어떤가?"

"도매부야 항상 똑같습니다. OTC 프로모션 할 때 잠깐 바쁜 정도입니다."

"음, 그렇군. 자네는 내 성격을 잘 아니 단도직입적으로 말하지. 부탁 하나만 해야겠네."

전광용 상무가 침을 꿀떡 삼켰다. 부사장은 명령했으면 했지 부탁 같은 걸 할 사람이 아니었다.

그만큼 심각한 이야기라는 뜻이었다.

"네, 말씀하십시오."

"다음 달에 강북구 도매상으로 보내는 엔젤로의 출고를 보름만 늦추게."

"네?"

마음의 준비는 하고 있었지만 그럼에도 깜짝 놀란 전 상무의 눈이 동그랗게 커졌다.

"이유는 묻지 말고 그렇게 해 주게. 도매상 쪽에는 일시 품절이라고 둘러대면 될 걸세."

"하지만……."

전 상무가 쉽게 대답을 하지 못했다.

"전 상무 자네, 정년이 얼마나 남았지?"

"……2년 남았습니다."

"퇴직금도 꽤 받겠군."

"……."

"그즈음 해서 ERP를 추진하겠네. ERP로 나가면 연봉 2년 치 정도는 더 받을 수 있을 걸세."

전 상무는 부사장의 눈을 똑바로 바라봤다.

잠깐의 시간의 흘렀다.

전광용 상무로서는 크게 부담되는 일은 아니었다. 그가 취급하는 품목만 수십 가지에 달했다.

그중 하나를 그것도 강북구에서만 늦추는 일이었기 때문에 나중에 감사에서 걸려도 실수로 치부할 수 있는 일이었다.

"……보름만 늦추면 되는 겁니까?"

"그렇다네."

잠시 뜸을 들이던 전 상무가 고개를 끄덕였다.

나중에 문제가 될 수도 있지만, 착오로 인한 실수라고 둘러대면 넘어갈 수 있을 정도였다.

2년 치 연봉이면 2억에 가까운 돈이다.

실수에 대한 책임을 감수할 만한 보상이었다.

"이번 한 번만 들어 드리겠습니다. 다음은 아무리 부사장님 부탁이라도 안 됩니다."

"당연하지."

"그럼 나가 보겠습니다. 약속은 지키셔야 합니다."

최상렬 부사장이 고개를 끄덕였다.

전 상무가 사무실에서 나가자 최 부사장이 혼잣말을 되뇌며 누군가에게 문자를 보냈다.

"아무 대가 없이 해 줬으면 한 번으로 끝났겠지. 하지만 주고받는 게 있는데 한 번으로 끝나겠나. 자네는 ERP 때까지 내 '부탁'을 들어줘야 할 걸세. 후후."

최상렬 부사장의 전화기가 울렸다.

—아버지, 문자 봤습니다. 어떻게 이야기는 잘되셨습니까?

"도매 쪽은 잘 해결했다. 네 쪽은 어떠냐?"

—저도 준비 완료했습니다.

"믿을 만한 사람이냐?"

—믿을 만하다기보다는 돈이 걸려 있으니까요."

"그래, 사람보다는 돈이 믿을 만하지. 어쨌든 드러나지 않게 조심해라. 실적으로도 네가 이길 수 있지만, 경쟁자는 싹이 올라오기 전에 밟아 놔야 나중이 편하다. 잊지 마라."

—알겠습니다. 아버지.

찜찜한 표정으로 자리로 돌아온 전 상무는 도매상 자료를 확인했다.

'왜 강북구지?'

그가 확인한 자료에서 강북구로의 엔젤로 출고가 한 달 사이에 급증하는 것을 확인할 수 있었다.

회사를 수십 년 다닌 짬밥으로 최상렬 부사장이 지점장이든 담당 MR이든 누군가를 망치려 한다는 사실을 곧바로 눈치챌 수 있었다.

'강북구 담당하는 친구는 힘들겠군. 출고량만큼 시술이 빠르게 증가하는 병원이 있다면 잠깐만 딜레이가 생겨도 바로 영향을 받을 수밖에 없지. 게다가 막 시술이 시작된 병원이라면……. 하지만 약속했으니 어쩔 수 없지.'

자료를 덮은 전 상무가 어디론가 급하게 밖으로 나섰다.

선덕여대에서 나온 유빈은 바로 사랑산부인과로 향했다. 유빈은 김이진 원장에게 상황을 설명했다.

"축제에서요?"

"네, 원장님. 이틀 동안 학생들에게 진료 상담을 해 주시면 됩니다. 원장님께서 허락만 해 주시면 대학교 학생회와는 제가 이야기를 하겠습니다."

이미 학생들과는 이야기를 끝낸 상태이지만 굳이 말할 필요는 없었다.

"하지만 평일에 이틀이나 쉬면 환자분들은 어떡하고요?"

유빈이 잡다한 일은 다 맡는다고 이야기를 했음에도 불구하고, 예상한 대로 김이진 원장은 썩 내켜 하지 않았다.

20년 동안 평일에는 쉬어 본 적도 없는 병원이었다.

당연한 반응이었다.

하지만 여기서 물러나면 죽도 밥도 안 될 게 분명했다. 조금은 강하게 말할 필요도 있었다.

유빈은 김이진 원장이 기분이 나빠질 수도 있음을 감수하고 이야기를 시작했다.

아무리 MR에게 잘해 준다고 해도 의사는 의사였다.

역효과가 날 수 있을지도 몰랐다.

그럼에도 불구하고 원장이 그저 진심을 알아주기를 바랄 뿐이었다.

"원장님, 제가 솔직하게 말씀드리겠습니다. 지금 하루에 보는 환자 수로는 계속 버티기가 힘드실 겁니다. 지금 추세대로라면 앞으로 더 줄어들 거고요. 원장님, 전에 저한테 이 병원 나이 들어서도 계속 운영하고 싶다고 하셨죠?"

"……그랬죠."

"저 요즘 도봉구와 의정부 그리고 노원구 다니면서 폐업하는 산부인과를 꽤 자주 볼 수 있습니다. 폐업을 하거나 그렇지 않으면 진료과를 아예 변경합니다. 대부분 환자는 대학병원이나 대형 여성병원으로 쏠리고 있습니다. 죄송하지만, 요즘 같은 시대에는 환자가 원장님만 보고 병원에 오지를 않습니다. 홈페이지도 보고 댓글도 보고……. 최소한 네비게이션에 병원 위치라도 나와야 찾아옵니다."

"……."

"당장은 변화가 힘드시겠지만, 제가 열심히 도와 드리겠습니다. 저는 원장님 같은 분이 계속 병원을 하셨으면 좋겠습니다. 왜냐하면, 제가 만약 아이를 낳는다면 제 아이와 아내를 원장님께 맡기고 싶으니까요!"

김이진 원장이 뚫어지게 유빈을 바라봤다.

유빈의 말을 가만히 듣고 있기가 힘들었다. 그녀가 어떻게든 회피하려던 현실이었다.

사실 여부를 떠나 화가 나는 것도 사실이었다.

지금 앞에서 내 병원의 미래에 관해 이야기하고 있는 사람은 그저 약을 팔러 온 제약회사 직원일 뿐이었다.

하지만 마음을 다해 이야기하는 젊은이에게서 자신만큼이나 병원을 살리고자 하는 진심이 전해져 왔다.

사실 제약회사의 MR이 이렇게까지 할 필요도 없었다.

그가 정말로 자신을 위하고 있다는 진심을 느끼자 가슴이 울렁거렸다.

20년간 수많은 MR을 만나 봤지만, 유빈 같은 사람은 처음이었다.

그리고 결정적으로 유빈의 마지막 말에 김이진 원장은 고개를 끄덕일 수밖에 없었다. 유빈이 한 마지막 말은 어떻게 보면 산부인과 의사로서 MR에게 들을 수 있는 최고의 찬사였다.

"좋아요. 유빈 씨 말대로 할게요. 저도 한 번 도전해 볼게요."

김이진 원장이 힘겹게 말을 내뱉었지만, 그녀는 어느 때보다 환한 미소를 보였다.

옆에서 몰래 듣고 있던 간호사는 뭐 때문인지는 몰라도 눈물을 훔쳤다.

"감사합니다. 원장님."

유빈도 마찬가지로 환한 미소를 지었다.

김이진 원장은 든든한 유빈의 말이 며칠 전처럼 허투루 들리지 않았다.

일단 마음을 먹은 김이진 원장은 보기와는 다르게 추진력이 있었다.

선덕여대 축제 이틀 동안 과감히 진료를 접고 그 기간에 병원 내부 인테리어를 하기로 했다.

지금처럼 올드한 인테리어로는 애써 여대생이 오게 한다

하더라도 두 번은 안 올 거라는 유빈의 조언 때문이었다.

김이진 원장은 더 나가 20년 동안 쌓인 잡다한 물건도 버리고 여대생들이 좋아할 만한 카페 스타일의 파격적인 인테리어를 선택했다.

"결정하고 나니까 갑자기 용기가 샘솟네요."

김이진 원장이 상기된 얼굴로 이야기했다.

"저는 오히려 떨립니다. 바뀔 병원을 생각하니까 두근거리네요."

"갑자기 왜 그래요? 유빈 씨 믿고 가는데."

"하하, 아닙니다. 아, 그리고 포털 사이트와 내비게이션 업체에는 병원을 등록해 두었습니다."

유빈도 책임감이 더 커졌다.

자신의 말만 듣고 큰 결정을 한 김이진 원장이 꼭 대박이 났으면 하는 바람이었다.

"지금까지 그런 것도 안 하고 뭐 했나 몰라요. 고마워요. 제가 만약 처녀였으면 유빈 씨한테 반했을 거예요. 호호."

"별로 한 것도 없는데요. 하하. 아직 갈 길이 멉니다."

"유빈 씨, 부담 갖지 마세요. 저는 크게 성공할 생각은 없어요. 그저 병원이 꾸준히 유지될 수 있으면 만족해요."

유빈의 마음을 알아차린 김이진 원장이 푸근한 미소로 유빈을 안정시켰다.

"네, 원장님."

건물 밖으로 나온 유빈이 2층에 있는 사랑산부인과를 다시 쳐다봤다.

내부 인테리어에 간판 교체까지 적지 않은 돈이 들어가는 일이었다. 그런데도 자신의 말을 따라 준 김이진 원장이 고마웠다.

"자, 다시 시작해 볼까!"

기분 좋은 파이팅과 함께 차로 향했다.

사랑산부인과와 나머지 타깃 병원에 신경을 쓴다고 A급 병원을 소홀히 할 수 없었다.

A급 병원은 기본으로 잘해 놔야 했다.

써니힐병원과 은산병원 그리고 한강대병원까지 차례로 방문을 마친 유빈이 집 근처 커피숍에서 누군가를 기다렸다.

조금 전까지 유빈과 조잘거리며 수다를 떨던 최은아는 손님이 오자 카운터로 돌아갔다.

"형!"

커피숍 문을 열고 들어온 사람이 반가운 표정으로 성큼성큼 유빈을 향해 다가갔다.

두꺼운 뿔테 안경과 볼에 듬성듬성 올라온 여드름, 아무것도 바르지 않아 날리는 머리는 선머슴 같은 인상을 줬다.

"승규야, 오랜만이다."

유빈이 기다리던 사람이었다.

"유빈 형!"

무거워 보이는 백팩을 의자에 내려놓은 그가 유빈을 와락 끌어안았다.

"어이구, 다 큰 녀석이……."

"형, 요즘 왜 학원 안 나와요? 형 없으니까 재미가 없어요."

오승규는 유빈이 다니던 스피치 학원에서 만난 동생이었다. 노원구에 있는 과학정보대학교에 다니는 대학생으로 아직 군대에 다녀오지 않은 한참 어린 친구였다.

내성적인 성격 탓에 발표 과제가 있을 때마다 스트레스를 받아서 학원에 등록한 케이스였다.

학원에서도 잘 어울리지 못하는 녀석을 챙겨 주다 보니 유빈을 친형처럼 따랐다.

"요즘 일이 바빠서 학원 갈 시간이 없네."

"하긴 형은 학원에 그만 다녀도 되잖아요. 강사님도 형한테는 더 가르쳐 줄 것도 없다고 했어요."

"그랬어? 승규 너는 어때? 이제 발표는 문제없는 거야?"

"아직도 사람들 앞에 서면 떨리기는 하지만 형 덕분에 저

번 과제 발표 때는 사람들한테 박수도 받았어요."

"내 덕분에?"

"형이 그랬잖아요. 상상 속에서 발표 연습을 하되 1인칭 시점으로 보지 말고 청중이 돼서 내가 발표하는 모습을 보라고 그랬잖아요."

학원에 다녀도 근본적인 무대 공포증을 극복하지 못하는 승규가 안타까웠던 유빈이 해 준 조언이었다. 전생의 영업사원의 지식에서 나온 말이었다.

"내가 그랬었지."

기억이 났다.

지나가면서 한 말인데 승규는 유심히 들은 모양이었다.

"그래서 매일같이 청중이 돼서 내가 발표하는 모습을 머릿속에 그렸어요. 그런데 그게 진짜로 효과가 있는지 막상 발표하려고 보니까 전혀 안 떨리는 거예요. 사람들이 나를 어떻게 보고 있는지 다 알 것 같았어요!"

"이야, 승규 이 멋진 녀석! 진짜 잘했다!"

승규의 밝은 미소를 보자 유빈도 기분이 좋았다.

그저 지나가면서 한 말을 잊지 않고 노력을 했다는 사실이 더 대견했다.

한편으로는 승규의 결과물을 들은 유빈은 전생의 지식이 뛰어나다는 사실을 새삼 느낄 수 있었다.

"고마워요. 형."

"아니야, 그건 네가 열심히 해서 극복한 거지."

"헤헤."

승규가 쑥스러운지 더벅머리를 벅벅 긁었다.

"그건 그렇고 승규야. 형이 전화로도 잠깐 이야기했지만, 학교 친구 중에 홈페이지 같은 거 잘 만드는 친구 있어?"

유빈이 바로 본론을 꺼냈다.

요즘 같은 시대에는 산부인과를 살리는데 홈페이지는 필수였다. 홈페이지가 없으면 일단 젊은 사람은 찾지를 않았다.

비용을 알아봤지만 만만치 않았고, 유빈이 원하는 홈페이지를 만들어 줄 수 있을지도 의문이었다.

그래서 떠올린 사람이 과학정보대학교에 다니는 승규였다. 승규의 대학교 친구라면 상대적으로 싼 가격에 홈페이지를 부탁할 수 있을 것 같았다.

"형, 그래서 제가 왔잖아요."

"응? 네가?"

"제가 이래 봬도 그쪽은 꽉 잡고 있어요. 가끔 알바로 회사 홈페이지 만드는 일도 하고 있고요."

"정말? 그런데 왜 나한테 이야기 안 했어?"

"물어본 적이 없잖아요."

일이 생각 이상으로 잘 풀렸다.

하늘은 스스로 돕는 자를 돕는다고 하더니 정말 예상치 못한 도움의 손길이었다.

"그럼 도와줄 수 있는 거야? 형이 돈은 많이 못 준다."

"에이, 형한테 무슨 돈을 받아요. 그냥 해 줄게요."

"그건 아니야. 승규야. 사람은 자기가 일한 만큼 대가를 받아야 해. 그래야 다른 사람한테도 인정받을 수 있는 거야."

"정말 괜찮은데……. 저 그럼……."

신 나서 이야기하던 승규가 갑자기 쭈뼛거렸다.

"그럼 돈 말고 다른 거로 부탁해도 돼요?"

"이야기해 봐. 형이 들어줄 수 있는 거라면 들어줄게."

"저……. 사실은 같은 동아리에 좋아하는 여자애가 생겼거든요!"

"뭐? 하하. 잘됐네. 우리 승규한테도 봄이 왔구나."

표정만 보고 심각한 문제인 줄 알고 같이 심각하게 듣던 유빈의 표정이 한결 밝아졌다. 하긴 당사자에게는 그 무엇보다 중요한 문제일 수는 있었다.

"그런데 걔가 동아리에서 인기가 좀 많아요. 아니, 좀이 아니라 남자들 대부분은 좋아해요. 저는 처음에 말도 잘 못했는데 우연히 집에 같이 가게 되었거든요. 그런데 얘가 파이널판타지의 광팬인 거예요. 저도 파이널판타지 매니아거든요."

"파이널판타지?"

"레전드 게임이에요."

"아, 그렇구나. 그래서 어떻게 됐어?"

게임이라고는 심시티나 삼국지밖에 해 본 적이 없는 유빈은 그저 고개를 끄덕였다. 여자하고 그런 거로도 이야기가 통하는 게 신기할 뿐이었다.

"그래서 말도 엄청 잘 통하고 그날 맥주도 같이 마셨어요."

"친해졌구나!"

"네, 근데 친해진 거로 끝났으면 좋았을 텐데 언젠가부터 걔가 다른 남자하고 이야기하고 있으면 가슴이 막 쑤시고 전처럼 편하게 이야기하기도 힘들어졌어요."

유빈이 쭈뼛거리며 고민을 털어놓는 승규의 어깨를 툭툭 쳤다.

본인에게는 일생일대의 문제지만 유빈의 입장에서는 승규의 고민하는 모습이 그저 귀여울 뿐이었다. 하지만 도와줄 수 있는 것은 다 해 줄 생각이었다.

"무슨 말인지 알겠어. 그럼 형이 뭘 도와주면 될까?"

"형, 저 사실 오늘 저녁에 그 친구하고 만나기로 했어요. 고백하려고요."

"그럼, 남자라면 그래야지."

"그런데 조금 겁이 나요. 거절당하면 친구로도 못 남는 거잖아요. 형은 사람 심리에 대해 잘 알잖아요. 그래서…….”

대충 승규가 뭘 원하는지 알 것 같았다.

“그러니까 뒤에서 지켜보면서 그 친구가 너한테 호감이 있는지 고백해도 될지 말해 달라는 거지?”

“네……. 아무래도 힘들겠죠? 제가 부탁해 놓고도 말이 안되네요.”

상당한 도박이었다.

오라를 볼 수 있어서 호감이 있는지 정도는 알 수 있었다. 하지만 고백을 받아 줄지에 대해서는 오라로도 판단하기 힘들었다.

“평소라면 그 친구의 반응에 신경 쓰지 말고 일단 고백하라고 하겠지만, 이번엔 특별히 도와주마.”

“정말요?”

“몇 시에 어디서 만나기로 했어?

승규에게 대답을 들은 유빈이 고개를 끄덕였다.

시원하게 승낙은 했지만 아무래도 혼자서는 무리인 것 같았다. 도움이 필요했다.

“쟤네들이에요?”

과학정보대학교 근처의 커피숍에서 짙은 선글라스와 스카프를 히잡처럼 쓴 여자가 유빈에게 물었다.

"네, 맞아요. 근데 서윤 님, 지금 뭐하시는 거예요?"

"들키면 안 되잖아요. 위장해야죠."

무슨 스파이 영화를 봤는지 몰라도 역할에 심하게 몰두한 서윤이 조심스럽게 주변을 살폈다.

그저 지금 상황이 신 나는 모양이었다.

"쟤네들은 서윤 님 얼굴 모르잖아요."

"아, 그렇지. 그래도 왜 그렇게 산통을 깨요? 매일 일만 하다가 오랜만에 밖에 나왔는데…….."

서윤이 툴툴거리며 스카프와 선글라스를 벗었다.

호응해 주지 않는 유빈을 향해 입이 한 댓 발은 나와 있었다.

"서윤 님, 내 옆으로 와서 앉아요."

"네?"

갑작스러운 유빈의 발언에 주서윤의 얼굴이 붉어졌다.

"어머, 갑자기 그러면…….."

"그게 아니고 이쪽에서 봐야 저 친구들 얼굴이 보이잖아요."

"흠흠, 그러면 그렇지. 알았어요!"

그래도 유빈의 옆에 앉는 게 좋은 서윤이었다. 뾰로통했던 표정에서 슬쩍슬쩍 웃음이 새어 나왔다.

"잘 좀 보세요."

유빈의 말에 주서윤이 오늘의 주인공인 두 사람을 유심히 살폈다.

승규의 행동은 딱 봐도 어색했다. 본인은 아무렇지 않은 듯 행동하고 있지만, 티가 났다.

승규가 좋아하는 여자 친구는 귀여운 상이었다. 순하면서도 오밀조밀한 얼굴이 인기가 있어 보였다.

"유빈 씨 동생은 완전히 푹 빠졌네요. 그냥 봐도 알겠어요."

"여자애는요?"

"좀 더 지켜봐요. 여자는 그렇게 쉽게 드러내지 않아요."

주서윤의 말에 유빈도 오라를 개방했다.

승규만큼은 아니지만, 여자애의 오라도 분명히 호감을 보였다. 하지만 유빈은 그 이상은 알 수가 없었다.

"고백해도 될 것 같아요."

찬찬히 지켜보던 주서윤이 나지막하게 말했다.

"정말로요? 왜요?"

여자의 감이라는 건가?

주서윤은 아무런 근거 없이 말을 내뱉을 여자가 아니었다.

"여자애의 자세를 잘 보세요. 앞으로 쏠려 있죠. 그건 들을 준비가 되어 있다는 거예요."

"흠, 그건 저도 느꼈습니다."

"그리고 중요한 건 눈빛이에요."

"눈빛이요?"

"눈빛을 보면 알 수 있어요. 유빈 씨 동생이 쳐다볼 때는 딴청을 피우지만 다른 곳을 바라볼 때 쳐다보는 눈빛은 달라요. 여자애도 마음이 있어요."

"후우……. 저는 서윤 님만 믿습니다."

유빈은 아직도 아리송했지만, 그녀를 믿을 수밖에 없었다. 유빈이 전화기를 들었다.

그러자 이야기를 나누던 승규도 전화기를 꺼내 들었다.

"승규야."

ㅡ형.

"고백해라."

ㅡ…….

"형 믿고 남자답게 해 봐. 여자애도 너한테 마음이 있어."

대답 대신 침 넘어가는 소리가 크게 들렸다.

"내일 전화해."

ㅡ알았어요. 고마워요. 형. 전화할게요.

승규가 전화기를 내려놓았다. 잠시 있다가 둘은 자리에서 일어났다. 아마도 승규가 준비해 놓은 고백 장소로 데려가려는 모양이었다.

"서윤 님만 믿습니다."

"걱정하지 마요. 내일 고맙다고 전화 올 테니까."

"하아, 어떻게 그걸 알지?"

"형도 동생만큼이나 둔하네요."

"네? 그게 무슨……."

"됐고 약속대로 맛있는 거 사 주세요."

주서윤이 유빈을 두고 빠르게 앞으로 걸어갔다.

이상하게 요즈음 툭하면 삐지는 눈치였다.

"선배, 아니, 서윤 님! 같이 가요."

유빈이 고개를 갸우뚱하며 재빨리 그녀를 뒤따라갔다.

주서윤의 호언장담대로였다.

확실히 여자의 감은 무서운 것이었다.

남자로 태어난 이상 아무리 수련을 해도 만 년 넘게 유전자에 축적된 여성의 직감을 따라갈 수가 없었다.

처음으로 오라의 능력에 대해 아쉽다는 생각이 들었다. '왓 위민 원트'라는 영화처럼 여자가 무슨 생각을 하는지 다 들리는 정도는 아니더라도 감정 이상의 것을 알아챌 수 있다면 영업에 큰 도움이 될 것이 분명했다.

하지만 유빈은 이때의 생각이 틀렸다는 것을 얼마 안 가서 알 수 있었다.

다음 날 흥분된 승규의 전화가 걸려왔다.

어제부터 사귀기로 했다는 이야기에 유빈도 같이 기뻐해 줬다.

그리고 유빈은 승규에게 홈페이지의 컨셉과 병원 사진을 보내 줬다.

유빈이 원한 것은 한 곳에서만 써먹을 수 있는 홈페이지가 아니었다. 승규가 잘 만들 수 있을지 걱정은 되었지만, 일단 믿고 맡길 수밖에 없었다.

첫 번째로 홈페이지를 만들 곳은 사랑산부인과였다.

축제 전에는 완성해야 하기 때문에 시간이 충분하지는 않았다.

다행히 승규는 그다지 고민하는 것 같지 않았다.

약속을 잡고 전화를 끊었다.

홈페이지가 걱정되었지만, 한편으로는 동생에게 도움이 된 것 같아서 기분도 좋았다.

'서윤 님한테도 알려 줘야지.'

유빈이 다시 전화를 걸려고 하는 동시에 전화가 걸려왔다.

액정에 써니힐병원 조수인 원장이 떴다.

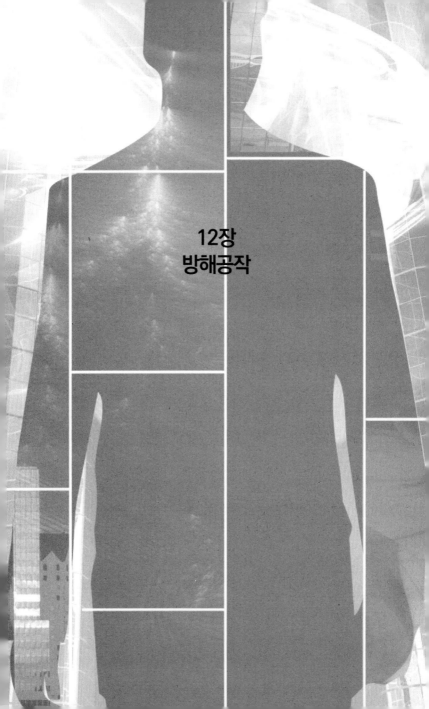

12장
방해공작

차를 몰고 써니힐병원으로 향하는 유빈의 마음은 편하지
않았다.

조수인 원장의 목소리는 평소처럼 차분했다. 일이 있으니
까 병원으로 와 달라는 이야기였다.

전에는 만나 주지도 않았지만, 한 번 마음을 열자 전화
보다는 직접 만나서 이야기하는 편을 선호하는 그녀였다.

평소와 같은 전화통화였지만 유빈은 직감적으로 뭔가가
잘못됐다는 사실을 느낄 수 있었다.

주차하고 병원으로 들어가려 하는데 병원 앞에서 모자를
푹 뒤집어쓴 사람이 피켓 시위를 하는 것이 보였다.

써니힐병원에 내원하는 사람이라면 못 보고 지나갈 수 없는 위치였다.

유빈은 반사적으로 분만 사고를 떠올렸다.

분만이라는 것은 항상 위험을 내포하고 있다. 안타깝지만 의료진의 실수가 없어도 산모나 아기가 잘못되는 경우가 있었다.

그래서 분만을 많이 하는 대형 병원의 경우에는 피켓 시위는 한 번 이상 겪는 일이었다.

아무리 의료 과실이 아니라 해도 아내 혹은 아이를 잃은 남편이 할 수 있는 것은 피켓 시위 정도밖에 없었다.

그런데 가까이서 보니 시위자는 젊은 여자였다.

뭐 때문인지는 몰라도 피부병처럼 발적과 종기가 심하게 올라와 있었다. 얼굴을 쳐다보기 민망할 정도였다.

피켓에는 '이 병원에서 처방한 약을 먹고 피부가 이렇게 되었습니다'라고 쓰여 있었다.

상황이 언뜻 이해가 안 됐지만, 더 살펴볼 여유가 없는 유빈은 곧바로 대표 원장실로 올라갔다.

유빈의 예상대로 조수인 원장의 표정은 냉랭했다.

아무리 생각해 봐도 뭐가 잘못되었는지 알 수가 없었다. 며칠 전에 다녀갔을 때만 해도 처방과 시술 건수도 순조로웠고 조수인 원장도 만족하고 있었다.

"원장님, 무슨 일이십니까?"

유빈은 어쩔 수 없이 먼저 물어보며 말문을 열었다.

"밑에 시위하는 여자 보셨죠? 저 사람은 어제 피레논을 처방받은 환자예요. 오늘 병원에 와서는 약 부작용이라며 난리를 치더군요."

"네?"

약 부작용이라니 깜짝 놀란 유빈은 되물을 수밖에 없었다."

"대기실에서 마구 소리를 지르고 약을 처방한 원장님한테는 심한 욕까지 했습니다. 산모 분들도 피하느라고 정신이 없었고요."

가라앉은 목소리만으로도 조수인이 얼마나 화를 삭이고 있는지 알 수 있었다.

"겨우 진정시켜서 내보냈는데 한 시간 전부터 저러고 있습니다. 김유빈 씨, 피레논에 저런 부작용이 있나요?"

조수인 원장이 날카롭게 물었다.

그녀 역시 유빈의 묻기 전에 부작용에 관해서 확인해 봤겠지만, 더 확실히 하고 싶은 눈치였다.

피레논의 성분에는 남성 호르몬을 차단하는 작용이 있어서 오히려 남성 호르몬성 여드름을 줄여 주는 효과가 있다.

적응증을 받지는 못했지만, 여러 가지 임상에서 확인된 결과였다. 다만 그런 과정에서 일시적으로 여드름이 생길 수는 있었다.

하지만 시위자 정도로 얼굴이 붉어지고 뒤집히는 경우는 들어 본 적도 본 적도 없었다.

"아닙니다. 원장님. 저 정도의 피부 발적과 심한 구진은 부작용으로 보고된 바가 없습니다."

유빈은 자신 있게 말했다.

피레논은 호르몬 약이기 때문에 유빈도 부작용에 대해서는 열심히 공부했다.

"그럼 됐어요. 그것만 확실하면 돼요. 병원에서는 분위기도 안 좋아지고 해서 도의적으로 약값도 돌려주기로 했는데 저렇게 막무가내로 나오니 다른 수를 써야겠네요."

경찰이라도 부를 태세였다.

유빈의 머릿속이 복잡했다.

병원 입장에서는 시위자를 처리하면 끝나는 일이었다. 하지만 이 사건을 계기로 나머지 원장들이 피레논을 처방할 때 위축될 것이 분명했다.

저런 환자를 봤는데 어떻게 자신 있게 약을 처방하겠는가. 뻔한 일이었다.

노크 소리와 함께 사무장이 대표 원장실로 들어왔다.

"사무장님, 이야기는 다시 해 보셨어요?"

"휴우, 완전히 막무가내입니다. 자기는 바라는 것도 없고 피부가 뒤집힌 게 열 받아서 그러는 거랍니다. 화가 풀리기 전까지 매일 시위를 한다고 그러더군요."

"……그렇군요."

조수인 원장은 어떻게 해야 할지 고민하는 듯했다.

유빈이 고개를 갸우뚱했다.

시위하는 여자의 행동이 어딘가 석연치가 않았다.

보통 환자가 약 때문에 병원에서 난리를 치는 경우는 약값을 돌려받기 위해서이거나 보상을 받기 위한 경우가 대부분이었다.

적절하게 보상을 해 주면 다 넘어갔다. 그런데 바라는 게 없다? 뭔가 이상했다.

"저, 원장님. 문제가 한 가지 더 생겼습니다."

사무장이 유빈을 흘낏 쳐다봤다.

"또 뭐죠?"

"제네스 엔젤로가 일시 품절이라 이번 달 15일까지 물건이 없다고 합니다."

"네?"

조수인 원장과 유빈이 동시에 소리를 질렀다.

이건 또 무슨 소리인가. 엔젤로가 일시 품절이라니.

그런 일이 있다면 미리 회사에서 알려 줬을 것이다.

강펀치를 연속으로 맞은 기분이었다.

"김유빈 씨, 이게 무슨 소리죠?"

"……저도 처음 듣는 이야기입니다."

유빈의 대답에 잠시 침묵을 지키던 조수인 원장이 냉랭하게 이야기했다.

"8월에 우리 병원에서 엔젤로 시술만 60건이 넘었습니다. 이번 달에는 예약된 시술만 해도 50건이 넘고요. 별문제가 없다면 아마도 80건은 무난하게 넘을 것으로 전 예상하고 있습니다. 사무장님 지금 재고가 몇 개 남아 있죠?"

"그게 첫 달 80개 발주했으니까 열 개 조금 넘게 남아 있을 겁니다."

60개면 정말 대단한 수치였다.

대학병원도 한 달에 30건을 시술하기가 힘들었다.

그런데 첫 달에 60건이고 대표 원장은 더 늘어날 거라는 예상을 하고 있었다.

좋아해야 할 상황이었지만, 반대로 걱정이 더 컸다.

사무장에서 유빈에게로 다시 시선을 돌린 조수인 원장이 유빈의 눈을 똑바로 바라봤다.

"만약 예약한 날짜에 엔젤로가 없으면 문제가 커집니다.

프로그램 전체로 계산한 비용도 취소하고 다시 계산해야 하고요. 무엇보다 우리 병원 신뢰에 금이 갈 수 있는 큰 문제입니다."

"원장님, 일단 회사에 알아보고 다시 말씀드리겠습니다. 저도 정확한 상황을 알지 못해서 당장은 뭐라고 말씀드리기가 힘듭니다."

"김유빈 씨. 명심하세요. 이번 일이 어떻게 마무리되느냐에 따라 두 달 전의 관계로 다시 돌아갈 수도 있습니다."

조수인 원장은 그러고도 남을 여자였다.

병원의 명성에 관련된 일이다 보니 얄짤 없었다. 아무리 조원장이 유빈을 좋게 봤다고 해도 그건 별개 문제였다.

호사다마일까.

피레논에 엔젤로까지. 그야말로 엎친 데 덮친 격이었다. 사랑산부인과 쪽이 잘 풀린다 했더니, 다른 쪽이 난리였다.

'하나씩 해결하자. 방법이 있을 거야.'

병원에서 나와 호심법으로 마음을 가라앉힌 유빈이 일단 회사로 전화를 걸었다.

―일시 품절이요? 그런 이야기는 들은 적이 없는데…….
김유빈 씨가 잘못 안 것 아닐까요?

엔젤로 PM인 홍경은 과장이 깜짝 놀란 투로 이야기했다.

도매부도 마찬가지였다. 강북구에 있는 도매상으로 엔젤

로가 정상적으로 출고되었다는 답변이었다.

게다가 이번 달에는 프로모션을 해서 회사에 남아 있던 재고도 거의 동난 상태였다. 엔젤로는 수입 완제품이라 회사 재고가 차려면 다시 배가 올 때까지 기다려야 했다.

전국의 도매상에서 프로모션으로 엔젤로를 평소보다 싸게 사 갔다면 당장 병원으로 넘기기보다는 쟁여 놓을 게 분명했다.

도매상과 친분이 전혀 없는 유빈으로서는 엔젤로를 외상으로 받기도 요원한 일이었다.

이혁 지점장이나 다른 팀원에게 부탁할 생각도 해 봤지만, 역시 결론은 아니었다. 만약 도움을 받는다면 다른 지역의 도매상과 실적이 엉켜 괜히 복잡해질 수 있었다.

유빈은 일단 도매부로부터 얻은 전화번호로 강북구에 있는 도매상에도 일일이 전화를 걸었다.

사실 확인이 필요했다.

회사 도매부의 이야기와는 달리 사무장의 말처럼 하나같이 일시 품절이라는 이야기만 했다.

유빈은 뭔가 이상함을 느꼈다. 이런 느낌이 오늘만 벌써 두 번째였다.

누군가 인위적으로 일을 망치고 있다는 생각이 들었다. 떠오르는 사람이 있었지만, 아직 확증은 없었다.

범인을 색출하고 단죄하는 것은 일단 일을 잘 해결한 다음이라도 늦지 않았다.

'침착하자.'

예상하지 못한 펀치를 맞았지만, 유빈은 그로기 상태가 되지 않았다. 오히려 투지가 불타올랐다.

보이지 않는 적이 원하는 것은 유빈의 흔들리는 모습이었다. 하지만 두 번의 전생과 수련으로 단련된 강한 정신에는 어림없는 일이었다.

유빈은 가만히 눈을 감고 전생의 영업 경험을 훑고 내려갔다. 전생에서도 수없이 많은 위기가 있었다.

하지만 뛰어난 영업사원은 위기를 기회로 만들 수 있는 사람이었다.

위기를 기회로 만드는 방법.

그런 방법이 쉽게 떠오를 리가 없었다.

시간은 흐르고 유빈의 마음 한편에서부터 초조라는 감정이 번지려 했다.

그때 문득 떠오르는 생각이 있었다.

'가만, 재고라면 도매상에만 있는 건 아니잖아.'

유빈이 노트북으로 재빨리 각 병원의 엔젤로 재고율을 정리한 데이터를 살폈다. 우선 재고량이 한 달 평균 시술 건수의 50%가 넘는 병원을 체크했다.

지금 떠오른 생각이 가능할지는 모르지만 성공한다면 오히려 득이 될 수 있는 계획이었다.

유빈은 일단 차에 탔다.

재빨리 움직인 유빈은 의정부의 대형 여성병원에 도착했다. 다행히 대표 원장을 바로 만날 수 있었다.

"원장님, 요즘 엔젤로 시술을 어떠세요? 경기가 안 좋다 보니까 시술 환자가 많지는 않죠?"

유빈은 평소라면 하지 않을 부정적인 이야기를 꺼냈다. 본론으로 바로 들어가기 위해서 어쩔 수 없는 선택이었다.

하지만 동시에 오라를 전개해 상대방을 기분 좋게 만들어 줬다.

"음, 그렇다고 할 수 있지. 유지는 하고 있는데 늘지는 않아. 유빈 씨 말대로 경기 때문인지 가격이 싼 이바돈을 선택하는 경우도 많고."

"그렇군요. 원장님, 그럼 재고 부담은 없으세요? 꾸준히 주문해 주셔서 저야 감사하지만, 병원에 부담이 갈까 걱정이 돼서요."

"허허, 신경이 쓰이기는 하지. 재고가 줄지는 않고 조금씩

느는 추세니까."

"그래서 말인데요. 제가 재고를 처리해 드릴까요?"

"재고를? 어떻게? 반품하자고?"

"반품은 아닙니다. 솔직히 말씀드리면 제가 맡은 병원 중에서 요즘 엔젤로를 한 달에 60건 이상 시술하는 병원이 있습니다. 그러다 보니 도매 쪽에서도 물량이 부족해서요."

"60건? 정말?"

믿을 수 없는 모양이었다.

망설이는 듯한 모습이 보이자 유빈이 오라를 대표 원장에게 집중시켰다.

"네. 가져간 재고만큼 일주일 안에 입금해 드리겠습니다. 원장님께서는 반품 없이 재고를 줄일 수 있어서 좋고 저도 모자란 엔젤로를 구할 수 있어서 양쪽에 다 좋을 것 같습니다."

"음……. 나야 나쁠 건 없지. 돈이야 유빈 씨는 믿을 만하니까 걱정은 안 되고. 좋아. 그렇게 하지. 그런데 정말 60건을 시술했어?"

아무리 오라의 힘을 빌렸더라도 유빈이 병원과 신뢰를 쌓지 못했으면 이뤄지지 않을 일이었다. 3개월 동안 유빈은 의사들과 친밀도를 높이기 위해 정말 열심히 일했다.

그런 노력과 자신에 대한 믿음이 없었으면 실행할 수 없는 계획이었다. 누가 됐든 유빈을 골탕 먹이려고 한 사람도 예상할 수 없었음이 분명했다.

"네, 이번 달에는 그 이상이 될 것 같습니다. 현재 예약만 50건이라고 합니다. 제가 엔젤로 발표를 하면서 분만과 연결된 프로그램을 제안했는데 잘 정착이 된 것 같습니다."

대표 원장은 재고 문제보다는 엔젤로 시술 건수에 관심이 더 가는 모양이었다.

"그럼 사무장한테 이야기해 놓겠네. 흠, 그래도 혹시 모르니까 스무 개는 남겨 놓고 가져가게."

"감사합니다. 원장님."

"아, 그리고 우리 병원에서도 엔젤로 세미나를 한 번 하는 건 어떤가? 그 프로그램에 대해서 들어 보고 싶군."

"알겠습니다. 다음에 와서 일정을 여쭤 보겠습니다."

성공적으로 대화를 마친 유빈이 사무장을 통해 엔젤로 10개를 확보했다.

아직 갈 길은 멀지만, 첫 시작이 좋았다.

유빈이 어렵게 생각해 낸 방법은 일석삼조의 효과를 낼 수 있었다.

우선은 써니힐병원에 납품할 엔젤로를 구할 수 있었다. 두 번째는 재고 이야기와 함께 자연스럽게 엔젤로 디테일링을 할 수 있었다.

한 달에 엔젤로를 60건 시술한다는 정보를 흘림으로써 다른 병원의 원장을 자극하는 것이었다.

마지막으로 엔젤로의 재고율을 낮출 수 있었다.

재고율은 엔젤로 실적 평가 항목 중 하나였다.

주문을 많이 하면서 재고율이 낮다는 것은 시술이 많이 이뤄진다는 뜻이었다. 하지만 반대인 경우 재고율은 높아질 수밖에 없었다.

백서제약에서는 이바돈의 주문량이 유일한 평가 요소였다. 그래서 이동우가 이바돈을 병원에 밀어 넣기를 하면서 유빈 또한 같이 구렁텅이로 밀어 넣을 수 있었던 것이었다.

어쨌든 다른 병원에서 엔젤로를 거둬들이면서 유빈은 자연스럽게 재고율을 낮출 수 있었다. 실적이 좋아지는 건 덤이었다.

오전 9시부터 오후 4시까지 유빈은 밥도 안 먹고 담당 지역을 휘젓고 다녔다.

일곱 시간 만에 다시 써니힐병원에 주차한 유빈이 트렁크를 열었다.

110개의 엔젤로가 트렁크를 수북하게 채우고 있었다.

이걸로 9월 강북구의 엔젤로 실적은 써니힐병원 세미나 전으로 떨어질 것이 확실했다.

하지만 다른 지역의 재고율을 낮춤으로써 전체적인 달성

률은 많이 떨어지지 않게 되었다.

만약, 이 상황을 만든 누군가가 여기까지 생각하고 일을 벌였다면 뛰어난 책략가임은 분명했다.

하지만 유빈은 반대로 보이지 않는 적의 의도를 명확히 알 수 있었다.

그는 유빈의 실적이 잠깐이라도 주춤하기를 바라는 게 분명했다. 올 한 해 실적을 염두에 둔 책략이었다.

"하루 콜 수 신기록이네."

유빈은 개의치 않고 다녀온 병원의 수를 정리했다.

너무 급하게 다니느라 엔젤로의 숫자 말고는 디테일링 내용도 정리하지 못했다.

강한 체력 덕분에 육체는 피곤하지 않았지만, 너무 많은 원장을 만나고 설득하다 보니 정신은 살짝 몽롱했다.

그때 전화를 받고 내려온 사무장이 차로 다가왔다.

"김유빈 씨, 내 미리 말하지만, 오늘 벌어진 일은 내가 어떻게 해 줄 수 있는 범위를 넘어섰어요. 그냥 지금이라도 원장님에게 죄송하다고 하고 저기 피켓 시위하는 사람이나 어떻게 해 봐요."

"사무장님 혼자서는 다 못 드실 것 같은데요."

유빈이 딴소리하며 사무장을 트렁크 옆으로 데려왔다.

"어허, 왜 이래요. 나 뇌물 같은 거 안 받아요…… 응?"

뭔가 단단히 오해한 사무장이 한마디 하려다가 그제야 트렁크를 봤다.

"이게⋯⋯. 엔젤로 아닌가⋯⋯ 이렇게나 많이⋯⋯ 도대체 어디서 이 많은 엔젤로를⋯⋯."

사무장도 자신의 인맥으로 나름 여기저기 알아봤지만, 엔젤로 한두 개는 구할 수 있어도 한 달간 필요한 양은 도저히 힘들었다. 그런데 눈앞에 숫자를 가늠할 수 없는 엔젤로가 쌓여 있었다.

"110개입니다. 한 달 동안 사용하기에는 충분할 겁니다. 대금은 우선 제 계좌로 넣어 주시면 됩니다."

"⋯⋯알겠습니다."

"원장님께는 저분부터 해결하고 조금 있다 말씀드리겠습니다. 엔젤로는 사무장님께서 먼저 보고하셔도 됩니다."

유빈이 피켓 시위녀를 가리켰다.

사무장이 전화로 직원들을 불렀다. 혼자서 들고 가기에는 많은 양이었다.

유빈은 써니힐병원에서 한 달 동안 필요한 양보다 더 많은 엔젤로를 구해 왔다. 이번 기회에 재고율을 낮추려는 생각도 있었지만, 그보다는 이번 일을 벌인 범인을 색출하기 위해서였다.

만약 강북구 도매상에서 엔젤로를 제네스로부터 받아 놓

고도 거짓말을 하는 거라면 유빈이 그들 대신 납품해 버렸기 때문에 손해를 보게 되는 상황이었다.

동시에 써니힐병원에도 거래 도매상을 바꾸라는 조언을 할 생각이었다.

써니힐병원과 거래가 끊긴다면 작은 손해로 끝날 상황이 아니었다. 엔젤로가 유일한 거래 약품이 아니기 때문이었다.

도매상이 범인이 아니라면 더 손해를 보지 않기 위해서라도 배후자를 불 수밖에 없을 것이었다.

거기까지 생각을 정리한 유빈이 시위녀 근처로 다가갔다.

한편 사무장의 보고를 받은 조수인 대표 원장은 놀라움을 감출 수 없었다.

정이 떨어질 만큼 냉정하게 이야기는 했지만, 유빈이 엔젤로 문제를 한나절 만에 해결할 거라고는 상상도 못 했다.

"담당 병원에서 몇 개씩 빌려왔다고 합니다."

사무장도 혀를 내둘렀다.

"그렇게 해서 110개나 모았으면 도대체 몇 군데 병원을 다녀온 건가요……."

혼잣말처럼 읊조린 조수인 원장이 창밖을 응시했다.

세미나 때도 느꼈지만, 유빈은 능력을 가늠할 수 없는 놀라운 사람이었다.

"아마도 김유빈 씨의 9월 실적은 별로 안 좋을 겁니다."

"그건 왜죠?"

"엔젤로 같은 제품은 도매상에서 병원으로 출고되는 개수가 바로 영업사원의 실적입니다. 다른 병원에서 빌린 걸 가져왔으니 우리 병원에서의 실적은 하나도 반영이 안 돼서 그렇습니다."

사무장은 오랫동안 업계에 몸담고 있어서 제약회사의 생리에 대해 잘 알고 있었다.

그렇기에 그는 유빈을 다시 보게 되었다.

다른 영업사원이었다면 어떻게든 실적을 유지하는 방법으로 문제를 해결하려 했을 것이다. 그리고 그렇게 한다고 하더라도 사무장은 이해했을 것이다. 그것이 영업사원의 일이기 때문이다.

하지만 유빈은 아니었다.

그가 하는 행동을 보면 실적보다는 고객이 먼저였다.

"……그렇군요."

"조금 전에 엔젤로를 옮기면서 실적은 괜찮겠냐고 물어보니까 웃으면서 '병원이 더 중요합니다'라고 하더군요. 그 말이 이제는 거짓으로 들리지 않았습니다."

사무장의 말에 조수인 원장이 대답 없이 상념에 잠겼다.

그녀라고 처음부터 영업사원을 배척한 것은 아니었다.

써니힐병원을 개원하기 전에 대학병원에서 스태프로 일하고 개인 병원의 페이닥터를 거치면서 수많은 영업사원을 만났다.

겉으로는 차갑지만, 속 정은 많은 조수인 원장은 남녀를 불문하고 영업사원들과 친하게 지냈다.

하지만 간도 쓸개도 내줄 것 같았던 영업사원들은 담당 지역이 바뀌거나 회사를 그만두면 대부분 연락이 두절되었다.

결국, 영업사원이 그녀에게 잘하는 것은 다 실적 때문이라는 결론을 내게 되었다.

결정적으로 그녀가 마음을 닫은 이유는 한 남자 때문이었다. 그는 호감 가는 외모와 시원스러운 성격 그리고 능력까지 겸비한 영업사원이었다.

약사 면허를 가진 그 남자는 좁은 공간에서 일하는 것이 적성에 맞지 않아 제약회사를 선택했다고 했다.

매력 있고 이야기도 잘 통하는 그 남자에게 조수인 원장은 마음을 빼앗겨 버렸다. 그리고 그를 위해 최선을 다해 약 처방을 했다.

그 덕분인지 그는 금방 승진을 했다. 그리고 역시 연락이 끊겼다.

나중에 알고 보니 그는 조수인 원장뿐만 아니라 다른 젊은 여의사에게도 같은 방식으로 영업했다는 사실을 알게 되었다.

사귄 게 아니라고 하면 할 말은 없었지만, 그 이후로 그녀는 영업사원을 만나지 않았다.

그렇게 십 년이 넘게 병원을 운영했다.

유빈은 은산병원을 통해 써니힐병원에서 세미나를 할 수 있었지만, 그녀는 그래도 마음을 완전히 열지 않았다.

문제가 터지자 유빈에게 냉정해진 것도 그런 이유 때문이었다.

하지만 사무장의 말을 듣고 난 조수인 원장의 마음은 녹아내리기 시작했다.

"그래서……. 김유빈 씨는 지금 어디에 있나요?"

"시위하는 여자하고 한 번 이야기해 보겠다고 밑에 있습니다."

"……이제 괜찮다고, 그냥 올라오라고 하세요."

"알겠습니다. 원장님."

조수인 원장도 사무장도 이제는 유빈을 단순한 영업사원이라고 생각하지 않았다.

위에서 어떤 대화가 오고 가는지도 모르고 유빈은 뚫어지게 시위녀를 쳐다봤다.

그녀의 오라는 불안정했다.

부끄러움, 초조함, 거짓 등의 감정이 번갈아 가며 오라를 형성했다. 하지만 이상하게도 사무장이 말한 분노의 감정은 보이지 않았다.

그녀는 분명 피부가 뒤집힌 것 때문에 열이 받아서 시위한다고 했다.

앞뒤가 맞지 않았다.

하지만 유빈은 그 이상은 알아낼 수가 없었다. 승규가 좋아하는 여자애가 고백을 받아 줄지 알 수 없는 것처럼 오라만으로는 속에서 무슨 생각을 하는지 알 수 없었다.

그래도 유빈은 포기하지 않았다.

작은 힌트라도 얻을 수 있을까 해서 계속 여자를 주시했다.

집중력이 더해지자 유빈의 오라가 강한 빛을 내뿜었다.

-5백만 원.

'응?'

갑자기 환청처럼 모르는 여자의 목소리가 들렸다.

아니, 들렸다는 표현은 맞지 않았다. 귀를 통해서 들리는 소리가 아니었다. 머릿속에서 누군가 말하는 느낌이었다.

-5백만 원.

정신을 집중하자 다시 목소리가 들렸다. 분명히 환청이 아니었다.

유빈은 당황하지 않고 오라를 퍼뜨려 공간을 장악했다.

그러자 시위녀의 오라 중 한 부분이 넘실거리며 유빈의 오라에 연결된 것을 볼 수 있었다.

마치 실로 두 사람을 묶어 놓은 모습이었다.

'설마, 저 여자의 생각, 아니 사념(思念)이 오라를 통해서 전달되는 건가!'

그럴듯한 추측이었다. 그것 말고는 달리 설명할 길이 없었다. 만약 그렇다면 유빈이 느꼈던 오라의 한계가 사라진 셈이었다.

희열로 떨리는 마음을 부여잡고 유빈은 여자에게 더욱 집중했다.

─복숭아.

'5백만 원만 반복되던 사념에서 새로운 단어가 전해져 왔다.

'복숭아?'

웬 복숭아. 복숭아가 먹고 싶나?

지금까지의 추측으로는 반복되고 강력한 생각이 전해지는 것 같았다. 그런데 뜬금없이 복숭아라니.

그러고 보니 시위녀가 반복적으로 하는 행동이 있었다. 추운 날씨가 아닌데도 피켓을 들지 않은 손을 트렌치코트 주머니에 넣었다 빼는 행동을 주기적으로 반복했다.

그리고 그럴 때마다 어김없이 '복숭아'라는 사념이 전해졌다.

유빈의 눈빛이 날카로워졌다.

악의를 가지고 시위를 하는 것이라면 피레논을 복용하고 생긴 부작용이라는 말은 사실이 아닐 것이었다.

하지만 피부에 나타난 증상은 진짜였다.

그렇다면 결론은 피부의 원인은 다른 곳에 있다는 이야기였다.

마음을 정한 유빈이 주변을 둘러봤다.

잠깐 다른 곳에 다녀 온 유빈이 여자에게 천천히 다가갔다.

"다 필요 없어요. 전 오늘 병원 끝날 때까지 여기서 있을 거예요."

피켓녀는 유빈이 다가오자 병원 직원으로 오해한 모양이었다. 뭐라고 하지도 않았는데 다짜고짜 소리를 질렀다.

"이제 그만하시죠."

유빈은 개의치 않고 차갑게 이야기했다.

"그만하길 뭘 그만해요. 내 말 못 들었어요?"

가까이서 보니 피부 때문에 가려져서 그렇지 예쁜 얼굴이었다.

"누가 시켜서 이런 일을 하는 겁니까?"

"네? 아니, 무슨 소리예요? 피켓 안 보여요? 이 병원에서 약을 처방받고 피부가 이 모양이 됐다니까요!"

잠깐 움찔한 여자가 악을 썼다. 하지만 오라는 마구 흔들렸다.

"환자 차트를 보니 주소가 이쪽이 아니더군요. 병원도 어제 처음 방문한 것이고. 원장님에 의하면 피레논도 처음 복용하는 것이고요. 모든 게 처음이군요."

환자의 개인 정보를 봐서는 안 되나 지금 상황에서는 어쩔 수 없었다.

"제가 이야기했잖아요. 친구 집에 놀러 왔다가 그 약이 여드름에 효과 있다는 이야기를 듣고 복용했다고요. 친구가 약이 좋다고 해서 빨리 복용해 보려고 근처 병원으로 왔다고요. 몇 번을 이야기해야 하나요?"

지금 하는 그녀의 말은 그럴듯했지만, 모두 거짓이었다. 오라가 확연하게 보여 주고 있었다.

유빈은 여자의 반응이 진짜 감정을 반영하고 있지 않다고 확신했다.

"어쩔 수 없군요. 실례지만 옷 주머니 안에 들어 있는 것 좀 볼 수 있을까요?"

"네……? 내가 왜요? 내가 왜 보여 줘야 하죠?"

당당하던 그녀의 목소리에서 작은 떨림이 느껴졌다.

"전 그 안에 뭐가 들어 있는지 알고 있습니다."

"……뭐야. 미친 사람 아니야? 저리 안 가요? 소리 지를 거예요!"

그녀가 최후의 발악을 했다.

하지만 유빈은 아무렇지도 않게 가방에서 무언가를 꺼냈다. 조금 전에 여자에게 말을 걸기 전에 근처에서 사 온 복숭아였다.

"흡!"

복숭아를 보더니 깜짝 놀란 여자가 자기도 모르게 뒷걸음질을 쳤다.

"왜요? 복숭아 싫어하나요?

유빈이 복숭아를 여자의 얼굴을 향해 들이밀었다.

"꺄악! 하지 마요! 복숭아 알러지 있단 말이에요!"

잠시 침묵이 감돌았다.

여자는 자신의 실언을 깨달았는지 어쩔 줄 몰라 했다.

"그 주머니 안에 복숭아 들어 있죠?"

"……."

"심한 복숭아 알러지인 모양이군요. 손으로만 만져도 얼굴까지 그렇게 뒤집히다니. 그런데 얼굴도 예쁘신 분이 뒤집힌 피부를 감수하고 이렇게까지 하는 이유가 궁금하군요."

"……."

"계속 말을 안 하시면 영업방해죄로 고소할 수도 있습니다. 간단한 알러지 테스트로 진실을 알 수 있겠죠."

꿀꺽.

여자의 입술이 떨렸다. 겨우 마른침을 삼켰다.

"누가 시켰습니까? 저한테 누가 시켰는지 이야기하고 병원 원장님한테 진실과 함께 사과를 구하면 더는 문제 삼지 않겠습니다."

"……으흑! 죄송해요! 전 그저 시키는 대로 했을 뿐이에요……."

여자가 피켓을 떨어뜨렸다.

절대 들키지 않을 거로 생각했던 진실이 너무 쉽게 밝혀지자 그녀는 무너질 수밖에 없었다. 그리고 아무리 원하는 것이 있어도 고소까지는 감당할 수 없었다.

여자는 유빈에게 진실을 털어놓았다.

잠자코 듣고 있던 유빈이 무거운 표정으로 고개를 끄덕였다. 예상은 했지만, 배후를 듣고 나니 마음이 무거웠다.

뭔가를 할 줄은 알았지만, 설마 같은 회사 직원끼리 이런 치사한 방법까지 동원할 줄은 몰랐다.

끓어오르는 분노를 가라앉힌 유빈은 일단 여자를 대표 원장실로 데려갔다. 여자에게는 어떻게 말하라고 미리 이야기해 놓았다.

마침 유빈을 데리러 온 사무장과 마주쳤다.

"유빈 씨? 어떻게 된 겁니까?"

"여기 여자 분이 대표 원장님께 할 말이 있다고 합니다. 시위는 그만한다고 합니다."

"네? 정말요?"

사무장은 무슨 해결사를 쳐다보는 것처럼 그저 눈만 깜박거렸다.

"죄송합니다! 정말 죄송합니다!"

백팔십도 달라진 시위녀의 태도에 조수인 원장과 사무장은 그저 어리둥절할 뿐이었다.

연신 고개를 숙이고 사과를 하는 그녀를 오히려 말려야 할 판이었다.

"그러니까 복숭아 알러지를 약 부작용으로 착각했다는 말인 거예요?"

조수인 원장은 황당하다는 표정이었다.

"네……. 정말 죄송합니다. 어제부터 몸이 간질거리고 피부가 붉어졌는데 저는 약 때문으로 생각했습니다. 약을 먹고 바로 피부가 뒤집혀서 그렇게 생각할 수밖에 없었습니다. 그런데 여기 계신 분과 이야기를 나누다 보니 어머니가 사 오신 복숭아를 만진 기억이 났습니다."

여자가 유빈을 가리키며 이야기를 했다.

그렇게 납득할 만한 변명은 아니었지만, 더 따져 봐야 의미 없는 일이었다.

조수인 원장은 여기서 일을 마무리하는 게 좋다고 생각했다.

"휴우, 알겠어요. 다음부터는 행동하기 전에 두세 번 생각해 보세요. 아가씨 때문에 병원 전체가 종일 어수선했던 거 알죠?"

"죄송합니다. 드릴 말씀이 없습니다."

"그것 말고 할 말은 없는 것 같군요. 그럼 아까 욕했던 원장님에게도 사과하고 용서를 구하세요. 당신 때문에 종일 마음이 편치 않았으니까요. 그리고 병원 직원 분들한테도 사과하세요."

"……알겠습니다."

"더 이야기하고 싶지 않군요. 사무장님, 직원 한 분 하고 같이 보내세요."

조수인 원장의 말에 여자가 유빈의 눈치를 살폈다.

유빈이 고개를 끄덕이자 여자는 써니힐 직원과 도망가듯 방 밖으로 나갔다. 연락처와 주소를 알고 있으니 여자와는 이후에 다시 만나면 됐다.

"별일이 다 있네요."

유빈이 고개를 저었다.

유빈의 그런 모습을 보며 조수인 원장은 희미한 미소를 머금었다. 놀라운 능력을 소유한 이 젊은 친구를 병원으로 스카우트하고 싶은 마음마저 들었다.

"도대체 어떻게 이야기를 한 겁니까?"

사무장이 궁금함을 못 참겠다는 표정으로 물었다.

"저는 피레논을 믿었을 뿐입니다. 피레논에 여자분에게 생긴 것 같은 부작용이 없다고 확신하니까 원인을 다른 곳에서 찾게 된 거죠. 아무래도 증상이 알러지 같아서 꼼꼼하게 물어보니까 생각이 난 모양입니다."

"역시! 자기 제품에 대한 확신이 있었군요."

사무장이 감탄하듯이 무릎을 쳤다.

"아닙니다. 그나저나 저희 제품 때문에 병원을 소란스럽게 해서 죄송합니다."

"오히려 내가 미안해요. 김유빈 씨가 병원을 그렇게 신경 써 주고 있는데 내 위주로 냉정한 말만 했네요."

"아닙니다. 원장님. 괜찮습니다."

조수인 원장은 여전히 꼿꼿했지만, 말투는 어딘가 부드러웠다. 조금 전에 여자를 혼내는 것과는 사뭇 달랐다.

"사무장님한테 엔젤로 9월 실적에 대해 들었어요."

"아, 실적은 괜찮습니다. 9월만 있는 건 아니니까요."

"아니에요. 유빈 씨가 노력해 줬으니까 저도 도와줘야죠. 유빈 씨가 가져온 110개 외에 50개를 더 주문할게요."

"네? 50개 더요? 그럼 재고가 많아질 텐데요."

"9월은 엔젤로 시술을 원가 수준으로 할인할 생각이에요. 그럼 100건은 충분히 넘길 수 있을 겁니다."

"원장님……."

조수인 원장의 고마워하는 마음이 전해져 왔다.

진심으로 병원을 위해 일하기는 했지만, 이렇게 돌려받을 수 있을 거라고는 생각도 못 했다.

역시 진심은 통했다. 그야말로 전화위복이었다.

엔젤로 50개면 낮아진 재고율과 함께 충분히 좋은 실적을 기대할 수 있었다.

"유빈 씨는 좋은 실적을 받을 만한 자격이 있어요. 우리 병원에서 처방이 나오는데 당연히 일등 해야죠."

조수인 원장의 짙은 미소에 유빈이 환한 웃음으로 화답했다.

"감사합니다. 원장님. 저, 그럼 한 가지만 더 부탁해도 될까요?"

"뭐든지요. 말해 보세요."

조수인 원장과 남은 대화를 나누고 병원을 나선 유빈은 오전에 통화했던 강북구 도매상 중 한 곳에 다시 전화했다.

유난히 긴 신호음이 울리고 나서야 상대방이 전화를 받았다.

"오전에 전화했던 제네스 강북구 담당 MR입니다."

─아, 계속 전화해도 엔젤로는 못 구해요.

약간은 짜증이 섞인 말투였다.

"괜찮습니다. 써니힐병원에서 이번 달 필요한 엔젤로는 다 구했습니다."

─네? 다 구했다고요?

"그쪽 도매상이 일시 품절이니 다른 곳에서 구해야죠. 그래서 구했습니다."

─……아니, 그게……. 그럼 안 되는데…….

전화기를 통해서 당황한 목소리가 느껴졌다.

유빈은 쐐기를 박았다.

"그리고 이번 일로 병원에서는 그쪽 도매상을 믿을 수가 없다고 합니다. 그래서 다른 약품도 모두 다른 도매상과 거래하기로 했다고 들었습니다."

─뭐, 뭐라고요? 잘못 안 거 아닙니까? 강북구에서 우리하고 삼일, 경인 두 도매상과 거래를 안 하면 남은 건 소규모 도매뿐인데 납품이 가능할 리가 없는데…….

말은 그렇게 하지만 자신 없는 목소리였다.

도매상의 규모는 계약한 병원에 따라 변할 수 있었다.

자신들이 메이저 도매상으로 남아 있을 수 있는 것도 써니힐병원 같은 대형 병원과 거래하고 있기 때문이었다.

"믿기지 않으면 병원에 전화해 보십시오. 저는 그저 전달하는 것뿐이니까요.

―알겠습니다. 다시 전화할 테니까 기다려 주세요.

얼마 안 가서 다시 전화가 걸려왔다.

걸린 시간으로 봐서 써니힐병원에 확인하고 삼일과 경인 도매상에도 전화해 본 것이 틀림없었다.

혹시라도 삼일이나 경인에서 배신했을 거라는 생각이 들었을 것이다.

도매상 사장이 확인차 써니힐병원에 전화했을 때 들은 답변은 유빈이 조수인 원장에게 부탁한 대로였다.

―저……. 선생님, 어떻게 안 되겠습니까? 써니힐과 거래가 끊기면 저희가 타격이 너무 큽니다.

거의 울 것 같은 목소리였다. 유빈은 어느새 선생님이 되어 있었다.

"왜 저한테 그러시는지, 저는 그저 전달자일 뿐입니다."

유빈은 냉정하게 답했다

―하아……. 써니힐병원에서 선생님께서 잘 말해 주시면 다시 생각해 보겠다고 했습니다. 저 한 번만 살려 주십시오.

"그럼, 이제 진실을 말해 주시죠."

―……그게.

도매상 사장은 바로 말을 하지 못했다. 걸리는 게 있는 모양이었다.

"사장님께는 손해가 가지 않도록 처리하겠습니다. 하지만 제가 도와달라고 할 때는 도와주셔야 합니다."

―……알겠습니다. 그게 사실은…….

한참 동안 더 망설이던 사장이 힘겹게 입을 열었다.

최상렬 부사장이 연루되어 있다고 예상했지만, 배후자는 의외의 인물이었다. 유빈은 잘 모르는 사람이었다.

배후에 있는 사람은 도매부의 장인 전광용 상무였다.

그는 며칠 전 직접 강북구 도매상에 찾아왔다.

전 상무는 도매상 사장들에게 15일까지 엔젤로를 쟁여 놓고 가지고 있으면 20% 할인된 가격으로 넘기겠다는 제안을 했다.

병원에서 물건을 찾으면 일시 품절이라고 둘러대라고까지 이야기를 했다.

회사 가격 조절 때문에 문제가 생겨서라는 이해 못 할 이야기와 함께였다. 하지만 20% 할인과 단지 15일만 기다리면 된다는 이야기에 이유는 묻지도 않고 사장들은 제안을 받아들였다.

"그렇게 된 거였군요. 말씀해 주셔서 감사합니다. 써니힐병원에는 잘 말해 놓겠습니다."

－그럼 계속 거래가 가능한 겁니까?

"이야기해 봐야겠지만, 아마 그럴 겁니다. 그리고 써니힐 병원에서 15일 이후에 엔젤로를 주문할 겁니다. 그때는 20% 할인된 가격에 병원에 넘겨주십시오."

－네? 할인된 가격에요…….

조금 전까지만 해도 거래만 계속하게 해 주면 뭐든지 들어줄 것 같던 사람이 돈 이야기가 나오자 망설였다.

그놈의 돈이 뭔지.

"싫다면 어쩔 수 없죠. 그냥 없던 일로 하겠습니다."

－아, 아닙니다. 그렇게 하겠습니다.

내켜 하지는 않았지만, 병원과 아예 거래가 끊기는 것보다는 나은 일이었다. 게다가 어차피 전 상무에게는 할인된 가격에 받았기 때문에 손해는 아니었다.

"한 가지. 저도 전 상무님한테 아무 말도 안 할 테니까 사장님도 오늘 있었던 일은 모른 척해 주십시오."

－……그렇게 하겠습니다.

역시나 내켜 하지 않는 대답이었다.

단지 MR인 유빈보다는 도매부 임원인 전광용 상무가 그들에게는 더 중요한 사람이었다.

지금은 상황상 어쩔 수 없이 유빈의 말을 듣지만 언제라도 전 상무 쪽에 설 사람이었다.

그렇지만 유빈은 일단 여기서 일을 마무리 지었다.

사실 시위녀 문제도, 도매상 문제도 조수인 원장에게 솔직하게 이야기할 수는 없었다.

같은 회사 직원이 유빈의 실적을 망치기 위해 수를 썼다고는 말할 수 없지 않은가.

그건 제네스 전체의 신뢰를 해치는 행위였다.

일을 꾸민 사람에 대한 처리는 유빈이 개인적으로 할 일이었다.

유빈은 전광용 상무를 기억했다. 하지만 지금은 건드릴 때가 아니었다. 우선 담당 지역의 일이 먼저였다.

그리고 최석원.

시위녀는 최석원이 시켰다고 유빈에게 털어놓았다.

둘은 술집에서 만난 사이였다.

그녀는 최석원이 자주 가는 술집의 종업원이었다. 며칠 전 최석원이 술집으로 와 그녀에게 알바 제안을 했다. 그녀의 복숭아 알러지에 대해 알고 있던 최석원은 시나리오를 짜 주었다. 그리고 그 대가로 5백만 원을 주겠다고 했다.

하루 일하고 받는 대가로는 큰돈이었다. 여자는 고민 없이 승낙했다.

강남에 사는 그녀로서는 어차피 다시 올 동네도 아니었다.

최대한 깽판만 치고 피켓 시위만 하는 거라면 그다지 어려운 일도 아니었다.

단지, 일부러 복숭아 알러지를 참아야 한다는 사실이 짜증 났지만, 어차피 약을 먹고 하루만 지나면 알러지는 정상으로 돌아오기 때문에 참을 수 있었다.

그녀가 복숭아 알러지가 있다는 사실을 모르는 사람이라면 절대 알아챌 수 없는 일이었다.

그런데 유빈에게 사실을 들킨 것이었다.

유빈은 최석원이 이 정도일 줄은 상상도 못 했다.

회사 내에서 태클을 걸고 수를 쓰는 거야 그렇다 치지만 담당 병원에까지 마수를 펼칠 줄이야.

유빈은 최석원에 대한 평가를 다시 내렸다.

최석원은 철저히 사람 좋은 가면 뒤에 숨어 이기기 위해서 라면 무슨 일이라도 할 사람이었다.

이야기를 다 듣고 난 유빈은 분노가 일었지만, 전광용 상무와 최석원에 관한 패를 일단 가슴속에 담아 두었다.

패를 꺼내는 날은 상대방을 파멸시키는 날이었다.

빠져나가지 못하게 하려면 더 완벽한 물증이 있어야 했다. 지금 확보된 건 증인뿐이었다.

사람의 마음은 언제든지 바뀔 수 있는 것. 완벽한 패라고 할 수 없었다.

지금은 그들의 작전이 성공했다고 믿게 놔두는 편이 좋았다. 어차피 다음 달에 실적이 나오면 그들도 자연스럽게 알게 될 것이다.

긴 하루였다.

유빈이 제네스에서 일하면서 가장 심력을 쏟은 날이기도 했다. 하지만 그만큼 얻은 것도 많았다.

그중에서도 오라의 능력이 한 단계 높아진 '사념'의 전달은 이후에 영업하면서 큰 힘을 발휘할 수 있을 가능성이 컸다.

단지 우연히 나타난 능력인지 알아보기 위해 유빈은 집에 들어가기 전에 커피숍을 들렀다.

대상은 얼마 전에 친해진 커피숍 종업원 최은아였다.

커피를 시켜 놓고 유빈은 최은아에게 집중했다.

그녀의 오라가 보였다.

그러나 삼십 분이 지나도록 아무런 사념을 받을 수 없었다. 너무 집중한 나머지 머리만 띵했다.

결국, 아무런 소득 없이 집으로 돌아왔다.

유빈은 괘념치 않았다.

수련이 더 깊어지면 언젠가는 '사념'을 읽을 수 있는 날이 올 거라고 확신했다.

오늘은 그저 위기를 극복한 자신이 자랑스러웠다.

평소에도 잘 잤지만, 오늘은 왠지 달게 잘 수 있을 것 같았다. 유빈은 침대에 눕자마자 바로 잠이 들었다.

하지만 유빈의 시험으로 예상하지 못한 피해자가 있었으니, 바로 최은아였다.

일하는 도중 계속 느껴진 유빈의 뜨거운 눈빛에 그녀는 유빈과 달리 쉽게 잠을 이루지 못했다.

💼

선덕여대 축제 날짜가 점점 다가오고 있었다.

써니힐병원 일을 잘 마무리한 유빈은 홀가분한 마음으로 다시 영업에 집중했다. 특히 20%의 A급 병원을 제외한 나머지 병원에 심혈을 기울였다.

선덕여대 총학생회에서도 연락이 왔다.

그런데 상담 천막의 위치가 예상보다도 훨씬 외진 장소였다.

외져도 너무 외진 곳이라 일부러 찾아오지 않는 이상 상담을 하는지 알 수도 없을 정도였다.

"산부인과 상담이라고 하니까 보는 눈도 있고 해서 아무래도 외진 곳으로 밀렸어요. 죄송합니다."

학생회의 말도 일리는 있었다.

아무리 학교 안이라지만 학생들은 주변의 시선을 신경 쓸 수밖에 없었다.

여자라면 당연히 그리고 꼭 방문해야 할 산부인과가 이런 취급을 받는다는 사실이 씁쓸했다.

그래도 다행인 것은 유빈이 홍보 계획을 따로 세워놨다는 점이었다. 잘될지는 모르지만, 다시 한 번 도전해 볼 수밖에 없었다.

이번에는 주서윤의 도움이 꼭 필요했다.

지금 도전하려는 일은 영업이 아닌 마케팅의 영역이었다.

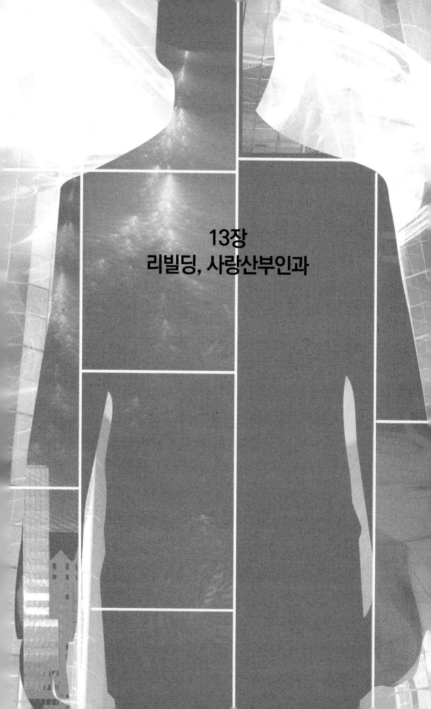

13장
리빌딩, 사랑산부인과

다음 날 출근하자마자 유빈은 바로 주서윤에게 전화를 걸었다.

"특별판이요?"

"네, 인터넷을 검색해 보니까 몇 개 잡지사에서 특별판이란 걸 제작하더군요. 제가 메일로 포워드한 기사 보셨죠?"

주서윤은 유빈이 보내 준 인터넷 주소를 클릭했다.

가로수길, 홍대 등 젊은이들이 모이는 핫플레이스에 여자들이 특별판을 받기 위해 긴 줄을 서 있는 사진이 먼저 들어왔다.

특별판에는 투명한 비닐 안에 얇은 잡지와 CC크림, 립글로즈, 구강 청결제 등의 다양한 신제품 샘플이 함께 들어 있었다.

기사를 읽은 주서윤은 바로 흥미를 느꼈다. 여자들이 좋아할 만한 구성이었다.

"지금 봤어요."

"그 기사는 작년 이맘때에 엘싱글 잡지에서 프로모션한 이벤트입니다. 올해도 한다더군요. 제 생각에는 우리 제품과 관련한 기획 기사를 특별판에 넣는 건 어떤가 해서요."

주서윤은 마케팅에서 일한 지 몇 개월 안 되었지만, 유빈의 제안이 흥미롭다고 생각했다.

아무래도 두꺼운 잡지 중에 몇 페이지 안 되는 프로젝트 기사보다는 노출될 확률이 높아 보였다.

예산과 빠듯한 시간이 문제였지만, 서두르면 가능성이 있었다.

"저번에 잡지에 관해서 물어봤을 때 엘싱글과 계약이 되어 있다고 했죠? 그러면 새로 쓸 필요도 없이 피레논 기사 중 가장 반응이 좋았던 기사를 사용하면 될 것 같습니다."

"아, 그래서 전에 그걸 물어봤던 거군요."

"하하, 네 맞아요."

주서윤은 유빈의 꼼꼼함에 다시 한 번 놀랐다. 허투루 물어보는 일이 없었다.

영업일만 해도 바쁠 텐데 언제 시간이 나서 의약신문도 확인하고 조금 전과 같은 기사도 확인하는지 그저 놀라울 뿐이었다.

"결과 나오면 바로 연락 주세요. 그리고 엘싱글 담당자와 연락이 되면 올해는 어디서 특별판을 배포할 계획인지, 그리고 혹시 장소를 추가할 수 있는지에 대해서도 물어봐 주세요."

잡지 특별판은 유빈이 선덕여대 축제에서 사람들을 끌기 위해 생각해 낸 방법이었다.

외진 곳에 있는 상담 천막에 학생이 오려면 뭔가 미끼가 있어야 했다.

"알겠어요. 그렇게 할게요."

"혹시, 누가 특별판에 관해 물으면 그냥 서윤 님 아이디어라고 하세요."

"네? 왜요? 이건 유빈 씨 아이디어잖아요."

"그냥 그렇게 해 주세요."

"알았어요."

주서윤은 더 묻지 않았다. 그녀는 그냥 유빈을 믿었다.

"차장님, 잠깐 시간 괜찮으세요?"

유빈이 준 자료를 최대한 빨리 기획안으로 만든 주서윤이 여성건강사업부 마케팅 책임자인 유진영 차장에게 다가

갔다.

"어, 잠깐만."

유진영 차장은 늘 바빴다.

그녀의 책상은 서류와 비어 있는 커피잔 따위로 항상 어수선했다. 그에 더해 전화는 3분에 한 번씩 걸려왔다.

얼핏 보니 회사 메일 계정에는 안 읽은 메일 숫자가 500개가 넘었다.

읽을 필요가 없는 메일을 지울 겨를도 없는 모양이었다.

한 5분 정도 서 있었을까. 유 차장이 그제야 주서윤을 향해 몸을 돌렸다.

"아침부터 무슨 일이야?"

"차장님, 저 기획안이 있어서요. 한 번 보셨으면 해서요."

주서윤은 긴장됐지만 침착하게 이야기했다.

유 차장은 기획안이라는 소리에 흘러내리던 안경을 콧등 위로 잡아 올렸다.

주서윤이 마케팅 부서에 배정받은 지 반년.

반년이면 사람을 판단하기에 충분한 시간이었다. 유 차장의 주서윤에 대한 평가는 시키는 일은 잘하고 일 처리는 깔끔하지만, 창의성은 떨어진다 정도였다.

유진영 차장은 아무리 AM(Assistant Manager)이라도 마케팅 직원인 이상 신선한 아이디어로 기획을 내야 한다고 직원들에게 항상 말해 왔다.

남이 시키는 일만 해서는 성장할 수 없다는 것이 그녀의 지론이었다.

반년이 지나면서 처음에는 기대가 있었던 주서윤에 대한 평가는 굳어지려 했다. 그런데 그런 시기에 그녀가 기획안을 들고 온 것이었다.

그 시도 자체가 일단 맘에 들었는지 유진영 차장이 앉을 의자를 내주었다.

"조금 전에 차장님 메일로 파일을 보냈습니다. 네, 그거요."

500개 이상의 안 읽은 메일에 섞여 있었지만, 다행히 방금 보낸 메일이라 쉽게 찾을 수가 있었다.

첨부된 파일을 열자 프레젠테이션 파일이 열렸다. 짧은 시간에 만든 거라고는 생각할 수 없을 정도로 깔끔했다.

유빈이 보내 준 기사와 사진, 가능한 배부 지역, 그동안 엘싱글에 실린 피레논 관련 기획 기사 등등이 일목요연하게 정리되어 있었다.

"흐음……."

유 차장이 PPT를 넘길 때마다 주서윤이 설명을 덧붙였다. 파일의 마지막 장이 끝나지 유 차장은 망설이지 않고 의견을 냈다.

"좋은데요."

단순한 한마디였지만, 임팩트가 있었다.

유 차장은 호불호가 분명해서 싹수가 안 보이는 기획안은 가차 없이 잘랐다. 게다가 기획안을 낸 사람이 민망할 정도로 솔직하게 잘못된 점을 지적해 줬다.

그런 유 차장이기에 첫 반응이 긍정적이라는 것은 시행할 가능성이 크다는 이야기였다.

"차장님, 제가 보고하면서 떠오른 생각인데요. 기획처럼 잡지 안에 기사를 넣는 것도 좋지만, 아예 따로 소책자를 만들어서 비닐 안에 넣는 것은 어떨까요?"

"흐음, 나도 비슷한 생각을 했어. 그러는 편이 나을 것 같아. 그럼 배포 이벤트가 끝나도 소책자는 따로 MR한테 나눠 줘서 디테일링에 사용해도 되고 대기실에 비치해 놓을 수도 있을 것 같아. 음, 좋은 생각이야."

죽이 착착 맞았다. 뭔가 잘 풀려 가는 느낌이었다.

"좋았어. 그럼 예산이 문제인데. 서 PM, 이리 좀 와 봐요."

"네, 차장님."

목소리만 들어서는 학생 같은 피레논의 PM인 서인아가 유 차장 자리로 합류했다.

주서윤의 기획안으로 갑작스럽게 소규모 미팅이 진행되었다.

"서 PM, 이거 주서윤 씨 기획안인데 한 번 봐 봐."

"어머, 서윤 씨 기획안 냈어요? 음…… 훌륭한데요. 타케팅도 확실하고, 잡지사와 함께하니까 비용도 절감할 수 있을 것 같아요."

"그렇지? 나도 그렇게 생각해요. 서 PM, 이번에 피레논 바이럴(viral marketing, 누리꾼이 매체를 통해 자발적으로 제품을 홍보하는 마케팅 기법)에서 예산 좀 남았지?"

"네, 바이럴에서도 그렇고 UCC(User Created Content, 개인이 직접 만든 저작물)도 엎어져서 여유 있어요.

"좋아, 좋아. 서윤 씨는 기획안 조금 더 다듬어 봐. 이번 아이디어는 아주 제법이야."

"아니에요. 영업팀 직원 중에 한 분이 아이디어를 줘서 정리한 것뿐이에요."

"그런 것도 다 실력이야. 영업팀이야 매일같이 아이디어라고 던지잖아. 이걸 해 봐라. 저걸 해 봐라. 마케팅은 왜 그런 걸 안 하는지 모르겠다. 자기들이 뭘 안다고 그러는지. 제대로 된 아이디어는 거의 없잖아. 그중에서 가능성 있는 아이디어를 캐치하는 것도 다 능력인 거야. 알았지? 잘한 건 잘한 거야."

"아, 네……. 감사합니다."

주서윤은 전적으로 유빈의 아이디어라고 말하고 싶었지만, 유빈과 약속한 게 있어 가만히 있었다.

그리고 유빈이 왜 말하지 말라고 한 건지도 유차장의 이야기를 들으면서 이해가 되었다. 영업팀의 아이디어를 빌린다는 사실은 마케팅의 자존심 문제였다.

'유빈씨는 어떻게 이런 걸 다 알지?'

하지만 칭찬을 받을수록 입이 간지러워지는 건 어쩔 수 없었다.

"오케이, 그럼 서윤 씨 기획안이니까 책임지고 맡아서 기사 선택하고 서 PM은 엘싱글 담당자 연락처 넘겨줘. 난 부장님한테 결재받을 테니까."

"알겠습니다, 차장님. 서윤 씨 한번 잘해 봐."

서인아가 웃으면서 주서윤의 등을 쓰다듬었다.

주서윤은 얼떨결에 프로젝트를 책임지게 되었다. 떨렸지만 기분은 좋았다.

6개월 동안 그녀가 한 일이라고는 PM의 보조라던가 자료 정리 등 잡일뿐이었다.

싫지는 않았지만 그다지 보람은 없었다.

두근거리는 가슴으로 자리로 돌아가 앉은 주서윤은 곧바로 고마운 사람에게 문자를 보냈다.

운전 중에 주서윤의 문자를 받은 유빈의 얼굴에 웃음이 피었다.

−기획안 통과! 고마워요. 유빈 씨. 잡지사 쪽에 제안하기로 했어요. 마무리되면 밥 살게요^^.

기분 좋게 유빈이 향한 장소는 병원이 아니라 노원구에 있는 과학정보대학교였다.

새벽에 승규에게 연락이 왔다.

원래 야행성인지 아니면 유빈이 급하다고 하니 밤새워 작업했는지는 모르지만, 홈페이지가 완성되었다는 낭보를 전했다.

"승규야."

승규가 알려 준 단과대학교 앞에 도착하자 승규와 얼마 전에 사귄 여자 친구가 껌딱지처럼 붙어서 유빈을 기다리고 있었다.

미소가 절로 그려졌다. 젊음이란 게 참 좋아 보였다.

"유빈 형!"

반기는 승규와 달리 이야기로만 들은 형이 생각보다 어려 보이고 잘생겨 보였는지 여자 친구는 얼굴이 빨개져 쭈뼛거렸다.

이럴 때일수록 승규를 치켜세워 줘야 했다.

"승규야, 생각보다 빨리 완성했네. 너 정말 능력 있다. 오늘따라 멋있어 보이는데?"

"아이, 형 왜 그래요? 그런데 정말 밤새워 가면서 만든 거 알죠? 과제도 이렇게 열심히는 안 해요."

고마운 마음에 유빈은 칭찬에 몸을 배배 꼬고 있는 승규의 어깨를 감쌌다.

"고맙다. 동생아. 일 끝나면 형이 거하게 한턱내마! 여자 친구분도 같이 오세요."

"형, 일단 결과물을 확인해야죠. 형이 원하는 대로 만들기는 했는데 시안이라 썩 마음에 들지는 않을 거예요. 계속 이야기하면서 수정을 해야 하니까 일단 큰 그림만 보세요."

말은 그렇게 하지만 자신 있는 모습이었다. 얼마나 공을 들였는지 태도가 말해 주고 있었다.

"이야, 우리 승규 진짜 프로 같네. 알았어. 우선 한번 보자."

승규가 노트북을 열고 긴장한 채로 유빈의 반응을 지켜봤다.

유빈이 원한 건 단지 한 병원을 위한 홈페이지가 아니라 여러 병원에서 응용해서 사용할 수 있는 밑그림 같은 컨셉이었다.

승규의 홈페이지는 유빈이 딱 원하는 대로였다.

미혼 여성, 폐경, 부인과, 산과로 나뉜 메인 페이지를 자유롭게 추가하고 삭제할 수 있었다.

배경 색깔을 바꾸면 글자색이 보색으로 자동 변경이 돼서 완전히 다른 홈페이지 같은 느낌을 연출했다.

Q&A 등도 원장이 원하면 넣고 아니면 뺄 수 있는 조립식의 홈페이지였다.

"이걸 그 짧은 시간에 완성한 거야?"

"어때요? 별로예요?"

"별로긴. 승규야. 너 진짜 최고다. 형이 원하는 그대로야."

"정말요? 고칠 건 없어요?"

"세세한 건 조금 더 봐야겠지만 컨셉은 완벽해. 이거라면 홈페이지가 없는 병원도 사진 몇 개하고 주소 그리고 도메인만 등록하면 바로 사용할 수 있겠어."

유빈의 기뻐하는 모습에 조마조마하게 지켜보던 승규도 승규의 여자 친구도 같이 좋아했다. 특히 승규를 바라보는 여자 친구의 눈에서는 하트가 튀어나올 정도였다.

유빈으로서는 한 가지 더 강력한 영업툴이 생긴 것이었다.

드러내 놓지는 않았지만, 피레논과 젤레크 그리고 엔젤로가 접근하기 가장 편하게 되어 있었다.

"이건 정말 대가를 지불하지 않으면 안 되겠는데?"

"형, 그건 이미 받았잖아요. 그리고 저도 제 포트폴리오에 추가할 거라서 저한테도 충분히 도움이 됐어요."

그래도 기특한 승규에게 한턱을 약속하고 유빈은 바로 사랑산부인과로 움직였다.

빨리 홈페이지 시안을 보여드리고 싶었다.

최석원이 신경질적으로 전화기를 내려놓았다.

몇 번을 걸어도 상대방이 통 전화를 받지 않았다.

'이년이 왜 이렇게 전화를 안 받지? 오백만 원만 먹고 잠적한 건가?'

이해가 안 되었다. 그녀가 잠적할 이유가 없었다.

최석원의 손에 몇 장의 사진이 들려 있었다.

여자가 써니힐병원에서 시위하는 모습, 병원 대기실에서 의사에게 삿대질하는 모습이 담긴 사진이었다.

최석원은 여자를 써니힐병원에 보내 놓고 확인하기 위해 흥신소 직원을 고용했다.

손에 들려 있는 사진은 그 직원이 보내 준 사진이었다.

사진을 확인하고 돈을 여자에게 입금한 최석원은 다른 일을 꾸미기 위해 전화를 했지만, 시위녀는 며칠째 전화를 받지 않았다.

"네가 그래 봤자 내 손아귀 안이지. 오백만 원 가지고 며칠이나 쓰겠냐. 어차피 또 술집에 나가겠지."

최석원이 손에 든 사진을 보며 미소를 지었다.

유빈이 당황했을 걸 생각하니 기분이 좋았다.

이 정도 진상이면 분명 처방에도 타격이 있을 게 분명했다.

최석원은 유빈을 망칠 궁리를 다시 했다.

의사 비위 맞추며 힘들게 실적을 올리기보다 훨씬 쉽고 간단했다.

한번 발을 들여놓으니 마약 같은 쾌감에서 벗어날 수 없었다.

'네까짓 게 나한테 덤벼?'

최석원이 다른 번호로 전화를 걸었다.

"고 선생? 이따 좀 만납시다."

누군가와 약속을 한 최석원의 눈이 광기에 번들거렸다.

사랑산부인과 김이진 원장은 아이처럼 좋아했다.

아직 도메인 등록을 하지 않았지만, 20년 만에 갖게 된 병원 홈페이지가 그렇게 신기한 모양이었다.

화면에서 눈을 떼지 못하고 여기저기를 눌러 봤다.

"원장님, Q&A는 어떻게 할까요?"

"내가 컴맹이라 잘할 수 있을지 모르겠어요. 겁나요. 호호."

"음, 제 생각에는 남겨 놓는 게 좋을 것 같습니다. 원장님께서 직접 답글을 달아 주시면 환자들이 병원에 대해 더 친근하게 느낄 것 같습니다."

"그럴까요?"

"솔직히 대부분의 병원 홈페이지 답글은 똑같은 내용을 붙여넣기를 하거나 유선으로 문의하라는 식의 천편일률적인 답변이잖아요."

"맞아요. 정말 그래요."

같이 듣고 있던 이 간호사가 맞장구를 쳤다.

"단지 병원 홈페이지를 가지고 있다는 사실에 만족하지 말고 Q&A에서 다른 병원과 차별화를 하는 방법이 좋은 전략인 것 같습니다."

"그런데 붙여넣기가 뭐죠?"

"……최소한 붙여넣기를 할 일은 없으시겠네요. 하하."

유빈이 웃으며 김이진 원장에게 기본적인 한글 용어를 말해 줬다. 워낙 컴퓨터와 담을 쌓으신 분이니 그럴 수도 있었다.

"일단 찬찬히 보시고 추가하고 싶은 내용이 있으면 말씀해 주세요. 도메인이 등록되면 저하고 같이 다시 전체적으로 훑어보면 될 것 같습니다."

"휴우, 안 하던 일을 계속 시도하니 힘들기도 하지만 흥분

되네요. 요즘 유빈 씨 덕분에 인생이 재밌어졌어요. 남편도 왜 그렇게 웃고 다니느냐며 물어보더라고요. 호호."

"그렇게 말씀해 주시니 저도 기분이 좋습니다."

"축제 일은 잘되고 있어요?"

"네, 하나씩 준비해 가고 있습니다. 원장님께서는 상담만 신경 쓰시면 됩니다. 나머지는 제가 다 알아서 하겠습니다."

"고마워요."

"아닙니다. 다 제 일인데요."

"저도 같이 가도 되는 거죠?"

옆에 서 있던 이 간호사가 기대하는 눈초리로 물었다.

"물론입니다. 아마 사람이 몰리면 원장님 혼자서 상담해 주시기에는 벅찰 수도 있습니다. 간단한 질문은 이 간호사님 이 보충 설명해 주셔도 될 것 같습니다. 그렇죠? 원장님."

"당연하죠. 왜요? 이 간. 이틀 동안 쉬고 싶어요?"

"아뇨. 무슨 소리세요. 원장님. 원장님 가는 곳에는 제가 꼭 같이 가야죠. 혹시나 해서 유빈 씨한테 물어본 거예요. 호호."

사랑산부인과의 일은 착착 진행되었다.

사랑산부인과 말고도 세원여대 근처에 있는 노원구 황진 주산부인과나 의정부의 예손산부인과도 C급 병원에서 대변 신을 시도하고 있었다.

하지만 잘되는 병원이 있는 반면 생각대로 잘 안 되는 병원도 있었다.

지금 유빈이 대기실에 앉아 있는 한양산부인과가 대표적이었다.

환자도 별로 없었지만, 유빈은 대기실에 30분째 원장과의 만남을 기다리는 중이었다.

MR에게 가장 힘든 일 중 하나가 언제 원장을 만날지도 모르면서 대기하는 일이었다. 기다리는 시간이 길어지면 하루 콜 수도 줄어들고 스케줄도 꼬이기 때문이었다.

한양산부인과는 홍정호의 인수인계에 따르면 B급 병원으로 세 명의 원장이 공동대표로 운영하는 병원이었다.

셋 중 유일하게 영업사원을 상대하는 손진수 원장은 전형적인 처방 인센티브를 요구하는 부류의 의사였다.

첫 방문에서 대화를 나누고 나서 유빈은 고객 리스트에서 한양산부인과를 바로 지워 버리려 했다.

하지만 전임자인 홍정호가 손진수 원장에게 PMS(Post Market Surveillance, 시판 후 조사, 약품 시판 후 다수의 환자를 대상으로 부작용 또는 새로운 효능 등을 수집하는 조사로 임상 시험의 마지막 단계)를 맡겨 놨기 때문에 정기적으로 방문할 수밖에 없었다.

병원 위치도 나쁘지 않고 단골 환자도 꽤 있어서 처방은 잘 나왔지만, 유빈이 담당자가 된 이후로는 제네스 약품에 대한 처방은 내림세였다.

하지만 홈페이지 게시판의 병원 평도 나쁘지 않고 나머지 두 원장을 공략할 생각으로 유빈은 하반기 타깃 리스트에 편입해 놓은 상황이었다.

어떻게 공략할까 생각을 하고 있는데 드디어 원장실 문이 열렸다.

환자 한 명을 이렇게 오랜 시간 진찰하다니.

제약회사에는 까칠하지만, 환자를 대하는 자세는 훌륭한 의사구나 생각하려는 찰나 정장을 입은 남자 두 명이 원장실에 나왔다.

누가 봐도 환자는 아니었다.

게다가 둘 다 유빈이 아는 사람이었다.

"김유빈!"

정장을 입은 사람 중 한 명도 유빈을 알아봤다. 그는 백서 제약의 최한솔이었다. 그리고 그 옆에 서 있는 키 큰 남자는 바로 이동우 지점장이었다.

유빈과 이동우의 눈빛이 허공에서 강렬하게 부딪혔다.

최한솔은 이미 엑스트라였다.

예전 같으면 똑바로 바라보는 것도 어려웠던 이동우의 눈을 유빈은 담담히 바라봤다. 하지만 마음속에서는 뭔가가 끓어 올라왔다.

"이제 인사도 안 하는구나. 김유빈."

겉으로는 점잖지만, 사람을 깔아보는 듯한 가식적인 모습은 여전했다.

"인사는 받을 만한 사람한테 하는 겁니다."

"뭐? 그런데 이 자식이……. 요즘 잘 나간다고 아주 건방이 하늘을 찌르네."

"출세를 위해서 부하 직원을 이용만 해 먹고 버리는 사람에게 예의를 차릴 필요는 없죠."

이동우는 의외라는 표정으로 유빈을 쳐다봤다.

그의 기억 속에 있는 유빈과 지금 모습은 전혀 매치가 되지 않았다.

사회성 없이 그저 열심히만 일하는 눈치 없는 녀석.

이용하기 딱 좋은 녀석.

이동우에게 유빈은 그 이상도 그 이하도 아니었다.

그런데 다시 만난 유빈은 그가 알던 사람과는 완전히 다른 사람이었다.

실적은 차치하고 눈빛부터가 달랐다.

어딘가 연약하고 불안했던 눈빛은 고요하고 단단했다. 아무리 다른 회사로 이직했다고는 하지만 이동우에게 던지는 말 한 마디 한 마디에 날이 서 있었다.

예전에는 볼 수 없었던 날카로움이었다.

"제네스 들어가세요."

긴장감이 팽배한 소강상태에서 간호사가 끼어들었다.

"요즘 많이 힘들죠? 앞으로는 더 힘들 겁니다."

이동우의 옆을 스쳐 지나가며 유빈이 나지막이 말했다. 미소는 덤이었다.

이동우의 인상이 확 찌푸려졌다.

그의 점잖은 가면에 금이 가려 했다. 병원이라 큰소리를 낼 수는 없었다.

이동우에게 지난 3개월은 지옥이나 다름없었다.

담당 지역의 실적이 급격하게 내림세를 보이는 바람에 거의 매일같이 본부장에게 시달렸다.

최근 이동우의 일정은 최한솔 그리고 김철환과의 동행 방문이 대부분이었다.

어떻게든 그 둘의 담당 지역 실적을 올려야 했기에 직접 나선 것이었다.

회사 정책만으로는 부족했기에, 이동우는 사비까지 들이면서 처방 인센티브를 마련했다.

"최한솔, 아버님께 이바돈 프로모션 연장하는 건은 말씀드려 봤어?"

최한솔의 아버지는 백서제약과 거래하는 대형 도매상이었다. 강북 지역 대부분에 이바돈을 비롯한 약품을 납품

했다.

"그게……. 말씀은 드렸는데 더는 힘들다고 하십니다. 두 달 동안 이바돈을 10개 주문하면 1개 더 주는 프로모션을 했는데도 주문이 많이 늘지도 않고 남는 것도 없어서 그만하시겠다고……."

"그러니까 더 세게 해야지. 아예 10개 주문하면 2개를 더 주는 식으로 하면 안 되나?"

"그건 좀……."

'이게 자기 회사 아니라고 막 이야기하네.'

어차피 자신이 물려받을 회사였다. 아버지가 손해 보는 건 내가 손해 보는 것이었다.

최한솔이 인상을 찌푸렸다.

"야, 이 새끼야. 내가 나 때문에 이러냐? 네 실적이 엉망이라 이러는 거 아니야? 어떻게든 아버지한테 이야기해서 실적을 올려야지 네가 인상을 써?"

"……죄송합니다."

대답은 했지만, 최한솔은 속으로 욕을 퍼부었다.

본부장한테 깨지는 것 때문에 필사적이라는 것을 뻔히 알고 있었다.

어떻게 저런 말은 낯빛 하나 바꾸지 않고 말하는지.

슬슬 다른 지점으로 옮겨야겠다는 생각이 최한솔의 머릿

속을 가득 채웠다.

"조용히 좀 하세요."

이동우의 높아진 언성에 접수대에 앉아 있던 간호사가 인상을 찌푸렸다.

"지점장님, 그만 가시죠. 김유빈 저 새끼하고 이야기해 봤자 좋을 것도 없습니다."

"……."

이동우는 떨어지지 않는 발걸음을 겨우 뗐다.

성질은 났지만 어쩔 수는 없었다. 예전에는 부하 직원이었지만, 지금은 아니었다.

노크와 함께 원장실에 들어온 유빈을 본 손진수 원장의 얼굴이 굳었다.

조금 전 백서제약 직원과 나눴던 생산적인 대화로 좋았던 기분이 금방 가라앉았다.

"안녕하십니까, 원장님."

"앉으세요. 오늘은 무슨 일인가요?"

심기가 불편하니 나오는 말이 딱딱할 수밖에 없었다.

"PMS 마무리됐다는 연락을 받고 왔습니다."

"아, PMS. 성 간호사! 정 원장한테 PMS 자료 좀 받아 와 줘. 그럼 이제 입금되는 건가?"

"네, 환자 10명에게 받아 주셨으니까 50만 원이 입금될 겁니다."

PMS는 공짜가 아니다.

환자 한 명당 5만 원의 조사 비용이 의사에게 지급된다. 홍정호가 한양산부인과에 PMS를 맡긴 이유였다. 이렇게라도 해야 처방 건수를 유지할 수 있었다.

"병원에 그다지 도움은 안 되지만 그래도 전임자는 이런 거라도 맡기면서 노력했는데, 이번 담당자는 영 하는 게 없어요. 노력하는 척이라도 해야 나도 처방을 할 텐데 말이야. 그렇죠?"

현재 제네스 담당자가 눈앞에 앉아 있는데도 마치 다른 사람 이야기를 하는 듯했다.

"제가 좀 부족합니다."

유빈은 PMS 자료만 받으면 나갈 생각이었다.

이 사람하고는 더 말을 섞고 싶지 않았다. 하지만 손 원장은 오랜만에 방문한 유빈에게 작심한 듯 말을 이어 갔다.

"우리 병원에서 제네스 약품 꽤 처방하는데. 뭐 없습니까? 조금 전에 다녀간 백서제약의 반만 해 주면 좋겠네요. 백서제약, 노원구에서 요즘 잘나가죠? 이렇게 열심히 하니까 잘될 수밖에요. 안 봐도 뻔합니다."

자주 느끼는 거지만 별로 약품을 많이 쓰지도 않는 병원에서 생색을 냈다.

어떤 게 열심히 한다는 건지.

리베이트를 주면 열심히 하는 건가. 유빈은 슬슬 열이 받았다. 의사란 사람이 돈에 눈이 먼 것 같았다.

"글쎄요. 제가 받은 자료로는 이바돈과 디안트 모두 작년 대비 30% 정도 점유율이 하락했습니다."

마음을 정한 유빈이 냉정하게 대답했다.

"……."

"그리고 한강대병원에서는 이바돈과 디안트가 아예 처방 목록에서 빠졌습니다."

"……그래요?"

손 원장으로서는 처음 듣는 이야기였다. 사실 그는 다른 병원에는 관심이 없었다.

하지만 유빈이 무표정하게 이야기를 하자 그의 얼굴이 점점 더 굳어졌다.

"아마 최근 한 달 동안 열심히 다녔을 겁니다. 하락한 실적으로 발등에 불이 떨어졌겠죠. 지점장이 매일 동행 방문할 정도면 심각할 겁니다. 그런데 그냥 열심히 하면 좋을 텐데 대놓고 몇몇 병원에 처방 인센티브를 제안하고 있어서 노원구 산부인과 의사회 안에서도 말이 조금씩 나오는 것 같습니다."

"크흠……."

영업사원 주제에 거침없이 말하는 폼이 건방졌다. 하지만 한편으로는 저렇게 자신만만하게 이야기하는 데는 이유가 있을 것 같다는 생각도 들었다.

손 원장이 불편해하거나 말거나 유빈은 말을 이어 갔다. 이왕 꺼낸 말 속 시원하게 이야기할 생각이었다.

물론 마치 한양산부인과는 전혀 관계가 없는 것처럼 말했다.

"요즘 리베이트 쌍벌제 때문에 어수선한 시기라 병원들도 제약회사가 방문하는 일에 민감해하고 있는데 참 용감하다고 해야 할지 무대뽀라 해야 할지 모르겠네요."

이렇게 대놓고 이야기하는 영업사원은 처음이었다.

영업사원은 손 원장에게 무슨 말을 해도 '네네' 하기 바쁘고 반박은 전혀 하지 않는 사람이었다.

그렇지만 유빈의 말을 확인해 볼 필요는 있었다. 그냥 듣고 넘기기에는 심각한 문제였다.

유빈의 태도에 말문이 막힌 손진수 원장의 뒤로 마침 PMS 자료를 가진 간호사가 나타났다.

"원장님, 시간 내주셔서 감사합니다. 계좌 입금에 문제가 생기면 연락 주십시오."

대답 없는 손 원장을 뒤로하고 유빈은 병원을 나섰다.

PMS도 마쳤으니 한양산부인과에는 다시 올 일이 없었다. 유빈은 아예 하반기 타깃 리스트에서 한양산부인과를 삭제했다.

제약영업처럼 고객이 한정된 영업에서는 해서는 안 될 일이었다.

하지만 유빈은 의사라는 자신의 직업에 자긍심이 있고 환자를 진심으로 걱정해 주는 사람들하고만 같이 가고 싶었다.

그리고 그분들하고만 같이 가도 충분히 좋은 실적을 낼 수 있을 거라고 자신했다.

유빈이 나가고 한참 뒤, 손 원장은 어딘가로 전화를 걸었다.

"강 원장, 잘 지냈어?"

그가 전화한 곳은 같은 노원구에서 개원하고 있는 강성균 원장이었다. 대학교 동기로 친한 사이였다.

─손 원장, 진료 시간에 무슨 일이야? 안 바빠?

"난 괜찮은데, 바빠?"

─환자가 기다리고 있어서. 잠깐은 괜찮아. 무슨 일 있어?

"아니 별거는 아니고……. 요즘 백서제약 병원에 들어와?"

─백서제약? 아, 며칠 전에 지점장이란 사람하고 담당자 하고 오기는 왔는데 그냥 돌려보냈어. 나는 걔네 물건 잘 안 써.

"······왜? 잘해 주잖아."

─이 친구야. 요즘도 인센티브 받아? 때가 어느 땐데 그런 걸 받아. 안 그래도 언론에서 리베이트다 뭐다 말 많은데.

"너도 옛날에는 받았잖아."

─어허, 큰일 날 소리. 나는 받은 적도 없고 앞으로 받을 생각도 없어. 손 원장, 잘 생각해. 내가 복지부에 있는 친구한테 들었는데 우리 지역에서도 리베이트 신고가 있어서 조사 나올 수도 있대.

"······정말이야?"

─뭐하러 걔네들 걸 써? 이번에 새로 온 제네스 담당자가 아주 똑 부러지더구먼. 제네스는 약품도 좋잖아. 아무튼, 너도 혹시 백서제약에서 오면 만나지 말거나 아예 그쪽으로는 이야기 못 나오게 해. 알았지? 나 이제 끊어야 해. 나중에 전화하자.

"그, 그래. 고맙다."

전화를 끊고 잠시 생각에 잠겼던 손 원장이 명함첩을 뒤졌다. 그리고 다시 전화를 걸었다.

"이동우 지점장님?"

─네, 원장님. 백서제약 이동우입니다.

"아까 우리가 했던 이야기 말인데요."

─네, 이바돈 시술 건수 말씀이시죠?

"그 건은 없던 거로 하죠."

-네? 아니 갑자기 왜?

"그냥 다시 생각해 봤는데 조금 힘들 것 같습니다."

-원장님, 제가 지금 바로 병원으로 가겠습니다.

"아닙니다. 그럴 필요 없습니다. 그리고 당분간은 백서제약 직원은 병원에 안 왔으면 좋겠습니다."

-그게 무슨 말씀이신지…….

"말 그대로입니다. 필요하면 따로 연락하겠습니다. 그럼 끊겠습니다."

"-아니, 저, 저기 원장님!

애처로운 부름에도 매몰차게 끊긴 전화를 이동우가 황당한 표정으로 내려놓았다.

이동우가 제안한 것은 이바돈 한 건당 인센티브를 주겠다는 내용이었다. 한 시간 전만 해도 좋은 제안이라며 기꺼워하던 손 원장이었다.

그런데 갑자기 태도가 바뀐 것이었다.

그가 생각할 수 있는 변수는 단 하나밖에 없었다.

"김유빈!"

커피숍 안이었지만 이동우는 치솟는 분노를 참지 못하고 소리를 빽 질렀다.

맞은편에 앉아 있던 최한솔이 마시던 커피를 내뿜었다. 손님들도 이상하게 쳐다봤지만, 그의 붉어진 눈에는 아무것도 들어오지 않았다.

일과를 마치고 집에 돌아온 유빈은 하루를 정리했다.

역시나 이동우를 만난 일이 가장 큰 사건이었다.

백서제약에서 퇴직하고 처음 만난 이동우였다.

일 년 반 전에 그에게 당했던 억울한 일들과 그로 인한 분노가 떠올랐지만 의외로 유빈의 마음은 담담했다.

그렇게나 어려웠던 이동우가 작게 보였다.

무슨 인연인지 혹은 악연인지 유빈은 제네스에서도 이동우의 담당 지역에 발령이 났다.

발령이 난 직후에는 당장에라도 이동우를 찾아가 나한테 왜 그랬냐며 따지고 싶은 생각도 있었다.

하지만 생각을 거듭한 유빈이 이동우에게 할 수 있는 최고의 복수는 따로 있었다.

바로 담당 지역의 실적을 늘려 백서제약의 점유율을 빼앗아 오는 것이었다.

실적에 목숨을 거는 이동우에게 점유율의 하락은 지옥불

만큼 고통스러운 거라는 사실을 잘 알고 있었다.

아니나 다를까.

이동우는 지금 제 발등을 찍고 있었다. 실적에 쫓긴 무리한 리베이트 영업으로 자신의 목을 죌 것이 분명했다.

콜을 정리하고 이동우에 대한 생각을 접어 둔 유빈이 호심법을 수련했다.

언젠가는 마주쳐야 할 사람을 만나서 그런지 마음이 편안했다.

호흡이 깊어지자 제주도 싸이클 미팅 이후로 보이는 풍경이 어김없이 떠올랐다.

그런데 어제와 다르게 안개가 서서히 걷히며 풍경이 뚜렷해졌다.

인적이라고는 찾아볼 수 없는 광활한 밀밭.

수확 철일까. 사방이 황금색의 밀밭이라 허수아비가 된 느낌이었다.

평온한 풍경만큼 편안한 느낌과 함께 경험적으로 세 번째 전생이 모습을 드러내려는 것을 알 수 있었다.

순식간에 시점이 이동했다.

유빈은 누군가의 시선 속에 들어와 있었다.

그가 서 있는 장소는 건물로 둘러싸인 광장이었다. 주변 건물은 서양 중세 시대의 것으로 보였다.

건물 밑으로는 수많은 군중이 모여 있었다. 역시나 영화에서나 보던 중세 시대 복장을 하고 있었다.

그들은 한결같이 고함을 지르고 성을 내는 모습이었다.

대상은 바로 나였다. 갑자기 청각이 돌아왔다.

광장은 혼돈 그 자체였다. 광기 어린 비명이 광장을 가득 채웠다.

누군가가 내 손을 끌어당겼다.

그 순간 온몸에 통증이 느껴졌다. 몸에 성한 곳이 없었다. 피부는 벗겨져 있었고 피가 줄줄 흘러내렸다.

불어오는 바람이 아팠다.

유빈은 전생이라는 것을 알고는 있었지만 실제로 감각이 느껴졌다.

가슴이 심하게 뛰기 시작했다. 호심법으로 마음을 가라앉혀야 했지만 쉽지 않았다.

건장한 사내는 눈앞에 보이는 통나무에 나를 매달았다.

바로 옆의 통나무에서 살타는 냄새가 전해졌다.

조금 전까지만 해도 생명이 깃들어 있던 몸이 새카맣게 변해 있었다. 광장을 울리던 여자의 비명이 더는 들리지 않았다.

사내는 지체 없이 통나무 밑에 싸여 있는 나뭇가지에 불을 붙였다.

'윽.'

뜨거운 열기에 자동으로 신음이 흘러나왔다.

'이건 전생일 뿐이야.'

발밑부터 뜨거운 느낌이 몸 전체로 번져 나갔다. 뜨거운 느낌이 고통으로 변해 갔다.

유빈은 호흡의 끈을 놓지 않았다. 지금 할 수 있는 것은 호심법뿐이었다.

얼마의 시간이 지났을까.

감겨 있던 유빈의 눈이 천천히 떠졌다. 눈가는 촉촉했고 온몸은 땀으로 축축해져 있었다.

전생에서의 극심한 고통으로 심마(心魔)에 들 뻔했지만, 다행히 고비를 넘은 것이었다.

"난 집시였어."

유빈의 입에서 자연스러운 프랑스어가 튀어나왔다.

전생에서 유빈은 프랑스에 살고 있던 집시였다. 유빈이 본 장면은 그녀가 마녀 사냥 때문에 화형을 당하는 죽음의 순간이었다.

무의식의 층이 열리자 강렬했던 마지막 순간이 먼저 튀어나온 것이었다. 호심법이 없었으면 충격으로 정신병자가 될 수도 있는 위험한 순간이었다.

유빈이 호흡을 갈무리하며 세 번의 전생을 관조했다.

첫 번째 전생은 미국의 영업사원.
두 번째 전생은 히말라야의 수행자.
세 번째 전생은 프랑스에 살던 집시.

업의 관점에서 보니 유빈은 히말라야 성자의 삶을 이해할
수 있었다.

마녀사냥으로 화형당한 집시의 마지막이 강렬했던 탓에
그다음 생에서는 사람을 피해 산속으로 들어간 것이었다.

자신을 사람과 격리시켜 도를 구했지만, 결국 얻은 깨달음
은 도는 사람 사이에 있다는 것이었다.

그래서 이어진 삶은 미국의 영업사원이었다. 그 삶에서는
수많은 사람을 만났다. 하지만 부와 욕심에 눈이 멀어 업이
소멸하기는커녕 더 커졌을 뿐이었다.

그리고 맞이한 현재의 삶이었다.

겹겹이 싸인 생의 연속성에 유빈은 깊은숨을 내쉬었다.

이번 생을 어떻게 살아야 할지에 대한 방향이 잡히는 것
같았다.

그 시작은 바로 사랑산부인과였다.

써니힐병원을 뚫고 실적을 높인 자신의 모습은 전생의 영

업사원과 다를 바 없었다.

효율을 중시하는 실적 위주의 영업.

그 안에 사람은 없었다. 유빈은 전생을 관조하면서 자신이 전생의 업에서 벗어나지 못하고 있다는 사실을 깨달았다.

C급 병원에 집중하는 영업이 효율이 떨어지는 건 어쩔 수 없었다. 하지만 유빈이 본 것은 C라고 매겨져 있는 등급이 아닌 김이진 원장이라는 사람이었다.

사람 위주의 영업. 유빈이 추구하는 방향이었다.

제네스 제약사업부 마케팅 총괄 이연수 부장은 평소처럼 올라온 전자결재 요청을 하나씩 확인했다.

오늘도 눈에 띄는 것은 없었다.

매년 반복되는 루틴한 기획안뿐이었다. 그러던 중 그녀는 여성건강사업부에서 결재요청 한 문서를 클릭했다.

유진영 차장이 올린 기획안이었다.

첨부된 파일을 클릭한 이연수의 입꼬리가 올라갔다. 오랜만에 보는 신선한 기획이었다.

"주서윤 AM?"

기획자를 확인한 이연수 부장이 의외라는 표정을 지었다.

주서윤을 알고는 있었지만, 지금까지 기획안을 낸 적이 한 번도 없었기 때문이었다.

새로운 기획자의 신선한 기획이 앞으로 어떻게 진행될지 궁금해졌다.

지금은 마케팅 총괄이지만 이연수 부장 역시 여성건강사업부 출신이었다.

유진영 차장이 그 당시에 데리고 있던 부하 직원이었다. 그렇기에 여성건강사업부에 가진 그녀의 애정은 남다를 수밖에 없었다.

'그러고 보니 그 친구도 잘하고 있던데.'

이연수가 기대하고 있는 직원이 한 명 더 있었다.

아직 신입사원이지만 그가 면접에서 보여 준 능력과 매력이 잊히지 않았다. 그 친구라면 곧 마케팅팀으로 올라올 것 같다는 예감이 들었다.

그녀의 감은 잘 맞는 편이었다.

같은 시각, 주서윤은 엘싱글 에디터와 미팅을 하고 있었다.

전화로만 이야기하기에는 큰 예산이 들어가는 일이라 담당자가 직접 제네스 본사로 온 것이었다.

"그런데 너무 예쁘시네요. 제네스에 자주 왔다 갔다 했는데 왜 몰랐지? 지금 당장 모델을 해도 되겠어요."

엘싱글 에디터는 주서윤에게서 눈을 떼지 못했다.

얼굴이면 얼굴, 몸매면 몸매 빠지는 곳이 없었다. 잡지사에 있으면서 톱클래스의 여자 연예인을 한두 명 본 것도 아닌데 주서윤의 미모는 그들 못지않았다.

"호호, 고맙습니다. 과찬이세요. 그나저나 시간이 문제네요."

"네, 저희도 갑작스러운 제의라……. 하지만 제안해 주신 내용은 저희 쪽에서도 긍정적으로 생각하고 있습니다. 특별판 내용물이 충실하면 저희한테도 좋으니까요. 게다가 제네스 하고는 계속 일을 같이해 왔잖아요."

"긍정적이라고 하시니 다행이네요. 그럼 시간 안에 맞출 수 있다는 말씀이시죠?"

"음, 일단 소책자는 몇 부 정도 예상하시나요?"

"5,000부 정도 생각하고 있어요."

"5,000부요? 저희가 이번에 준비한 배포 물량은 3,000부 정도인데요. 화장품 샘플도 거기에 맞춰서 확보했고요."

"그건 걱정 안 하셔도 돼요. 나머지는 회사에서 자체적으로 사용할 예정이에요."

"흐음, 5,000부 정도면 시간 안에 가능할 것 같습니다."

"정말요? 휴우, 다행이네요. 저는 시간이 안 될까 봐 얼마나 조마조마했는지…….”

다행히 일이 잘 풀려 갔다.

주서윤은 유빈이 부탁했던 말을 기억했다.

“저, 그런데 배부 장소는 정해진 건가요?”

“네, 가로수길, 강남역, 홍대, 경리단길 등등이에요.”

“이번에는 여대에서는 안 하나요?”

“작년에는 여대 몇 군데서도 했는데 올해는 편집장님이 빼자고 하셔서요.”

“그렇군요.”

주서윤은 유빈이 여대에서 특별판을 나눠 주려는 계획을 들어서 알고 있었다.

그런데 여대에서 배포 계획이 없다고 하니 낭패였다.

하지만 엘싱글 편집장이 결정한 일을 에디터에게 부탁할 수도 없었다.

미팅을 마무리하고 주서윤은 유빈에게 바로 전화를 걸었다.

“유빈 씨, 어쩌죠? 올해는 여대에서 배포 계획이 없대요.”

주서윤은 유빈에게 미팅 내용에 관해서 설명해 줬다.

―그래요? 흐음. 알겠어요. 고마워요. 서윤 님. 그다음 일은 제가 알아서 할게요.

“아니에요. 무슨 계획이 있으면 저도 돕고 싶어요. 어차피 이번 기획도 다 유빈 씨 아이디어잖아요."

　－괜찮은데……. 그럼 내일 외근할 수 있어요?

　유빈은 이혁 지점장에게 허락을 받고 담당 지역이 아닌 강남구 논현동으로 향했다.

　논현동에는 엘싱글코리아 본사가 있다.

　선덕여대와 세원여대에서 엘싱글 특별판을 나눠 주려면 편집장을 설득해야 했다.

　먼저 도착한 유빈이 건물 앞에서 주서윤을 기다렸다.

　처음에는 혼자서 해결할 생각이었지만, 다시 생각해 보니 주서윤과 함께라면 자연스럽게 편집장을 만날 수 있을 것 같았다.

　그녀는 누가 뭐래도 이번 기획의 책임자다.

　편집장과 미팅을 요청할 수 있는 위치라는 뜻이었다.

　주서윤은 새벽같이 회사에 나가 급한 일만 정리하고 옷을 챙겨 입었다.

　일 때문이기는 하지만 평일에 유빈과 만날 생각을 하니 가슴이 두근거렸다.

"주서윤, 어디 가?"

"아, 석원 오빠. 이 시간에 회사에는 무슨 일이에요?"

최석원이 사람 좋아 보이는 미소와 함께 주서윤에게 다가 갔다. 둘은 입사 동기로 친하지는 않지만, 말은 놓는 사이 였다.

"이번에 분당구 의사회 모임이 있어서 마케팅 도움 좀 받 으려고. 유 차장님 아직 안 오셨지?"

"네, 아직이요. 그런데 얼마 전에도 강남구 의사회 세미나 하지 않았어요?"

"뭐, 열심히 해야지."

"우와, 강남구에 분당구 의사회까지. 역시 베스트 MR은 다르네요."

주서윤의 감탄에 최석원이 쑥스러운 듯 머리를 긁었다.

"그런데 넌 어디 나가는 거야?"

"네, 외근이 있어서요."

"흐음, 그래? 무슨 일인데?"

주서윤은 속으로 의아해했다. 평소 최석원은 말도 잘 안 걸지만, 지금처럼 끝까지 물어보는 일은 더욱 없었다.

괜히 그의 별명이 쿨가이가 아니었다.

어딘가 좀 느낌이 이상했다.

"……잡지사에 갈 일이 있어서요."

주서윤이 조금 경계하는 듯한 표정을 보이자 최석원이 바로 쿨가이의 모습으로 돌아갔다.

"아, 그렇구나. 그럼 다음에 보자."

주서윤이 나간 한참 뒤에도 최석원은 그녀의 자리 근처에서 서성였다.

최석원은 주서윤이 남기고 간 잔향을 음미했다.

'역시 아름다워. 아름다운 꽃이지만 언젠가는 꺾어서 내 방 안에 장식해 두겠어.'

"유빈 씨!"

다른 날과 마찬가지로 눈에 확 띄는 주서윤이 밝은 표정으로 다가왔다. 뭐가 그리도 좋은지 생글생글 웃는 모습이 귀여웠다.

"서윤 님, 사무실에서보다 생기 있어 보입니다."

"아, 진짜 살겠어요. 바깥 공기가 이렇게 좋다니. 전 아무래도 영업 체질인가 봐요."

"하긴 근처에 마땅히 산책할 장소도 없으니 답답하기는 하겠어요."

"산책할 장소가 있어도 시간이 없답니다. 응? 유빈 씨 머리 했어요? 아닌가? 어딘가 달라 보이는데요?"

"그래요?"

주서윤이 고개를 이리저리 갸웃거렸다.

회사에서 나오기 전에 만난 최석원과는 분위기가 완전히 달랐다.

최석원의 느낌이 잘 벼린 칼 또는 얼음처럼 서늘하다면, 유빈은 포근했다.

두 사람을 연속으로 만나다 보니 그 차이가 더 확실하게 느껴졌다.

"네, 어디라고 콕 집어서 말은 못 하겠지만……. 음, 분위기가 더 편해진 느낌이에요. 왜 그러지?"

여자의 직감일까. 아니면 주서윤의 감이 좋은 걸까.

확실히 세 번째 전생을 보고 나서는 유빈도 몸과 마음의 변화를 느꼈다.

두 번의 전생과는 달리 세 번째 전생에서 유빈은 여자였다.

부족했던 여성의 감성이 더해져서일까.

주서윤을 대하는 유빈의 태도가 훨씬 자연스러웠다.

"어젯밤에 잠을 잘 자서 컨디션이 좋은가 봐요. 그럼 들어갈까요?"

어차피 설명할 수 있는 일도 아니므로 대충 얼버무린 유빈이 건물 안으로 들어갔다.

"그런데 어떻게 할 계획이에요? 유빈 씨 말대로 미팅을 잡기는 했는데."

엘싱글 코리아가 있는 6층으로 향하면서도 둘은 계속 대화를 이어 갔다.

"서윤 님, 제 직업이 뭡니까?"

"네? 질문이에요? 그거야 제약회사 MR이죠."

"그렇죠. 그리고 MR이라면 상대방이 원하는 것을 파악해서 들어줘야겠죠. 이게 제 계획입니다."

"그게 끝?"

그다지 미덥지 않은 대답이었지만 그렇다 해도 주서윤은 유빈을 믿었다.

이런저런 일을 겪으면서 유빈에 대한 그녀의 믿음은 확고했다. 유빈이라면 불가능한 일도 가능케 만들 수 있는 사람이었다.

엘리베이터에서 내리자 둘을 맞은 사람은 엘싱글의 제네스 담당 에디터였다.

주서윤과 반갑게 인사를 나눈 그녀는 둘을 편집장실로 안내했다. 에디터는 같이 걸으면서 유빈 쪽을 계속 흘깃거렸다.

주서윤과 같이 온 유빈이 궁금한 모양이었다.

그런데 너무 자주 보다 보니 주서윤이 눈치챌 정도였다.

'어머, 완전히 대놓고 쳐다보네. 하긴 우리 유빈 씨가 잘났기는 하지.'

신경이 쓰이면서도 뿌듯한 기분이었다.

하지만 유빈에게 시선을 보내는 건 담당 에디터뿐만이 아니었다.

엘싱글의 편집부는 제네스 여성건강사업부만큼이나 여자 직원이 바글거렸다.

어쩌다 보이는 남자는 그야말로 희귀 종족이었다.

유빈은 기센 여자들 틈바구니에서 일해야 하는 남자들이 왠지 불쌍해 보였다.

통로를 지나가는 유빈의 존재가 자연스럽게 시선을 끌었다. 희귀 종족이기 때문만은 아니었다.

정장이 유난히 잘 어울리는 유빈의 외모는 잡지사 에디터들이 보기에도 매력적이었다.

유빈만큼이나 주서윤 또한 주목을 받았다. 그냥 지나치기에는 그녀의 외모가 너무나 뛰어났다.

정장을 차려입은 두 사람의 복장이 아니었다면, 화보를 촬영하러 온 모델이라 해도 믿을 수 있을 정도였다.

긴 통로를 지나 편집장실에 들어가자 한눈에도 깐깐해 보이는 여자가 명함을 내밀었다.

"임주현입니다."

엘싱글 편집장답게 스타일이 예사롭지 않았다.

유빈이 편집장을 살필 때, 임수현 편집장 역시 두 사람을 살폈다.

그녀는 속으로 놀라고 있었다.

겉으로는 아무런 내색을 하지 않았지만, 에디터가 제네스 직원이라고 소개해 주지 않았다면 신인 모델이라고 오해할 뻔했다.

하지만 유빈에게는 아무 소용없는 일이었다.

유빈은 흔들리는 오라로 편집장의 동요를 보고 있었다.

동시에 책상 위를 비롯한 방 전체를 둘러보며 스눕핑을 했다.

대화를 이끌어 가려면 작은 단서라도 필요했다.

꾸준히 만나게 되는 병원 의사와는 달리 편집장과의 만남은 한 번뿐이었다. 곧바로 그녀가 원하는 점을 파고들어야 했다.

화장으로 가려져 있지만, 희미한 다크서클이 보였다.

책상 위에는 엘싱글 특별판 샘플과 잡지가 어지럽게 놓여 있었다.

그녀가 특별판으로 고민하고 있다는 사실을 추측할 수 있었다. 그 고민이 무엇인가에 따라 유빈이 원하는 바를 이룰 가능성이 있었다.

"무슨 일로 미팅을 요청하셨나요? 담당 에디터와 말씀은 다 나눴다고 들었는데요?"

주서윤이 유빈을 쳐다봤다.

비록 기획자이고 책임자지만 이번 미팅은 유빈을 위한 자리였다. 그녀는 나설 생각이 없었다.

주서윤의 눈길에 고개를 끄덕인 유빈이 편집장실에 은은한 오라를 퍼뜨렸다. 오라의 전개도 이전보다 수월했다.

"안녕하십니까. 저는 제네스에서 도봉구와 노원구를 담당하고 있는 영업사원 김유빈입니다."

"영업사원이요? 저는 두 분 다 마케팅 직원인 줄 알았는데……. 그런데 영업사원이 무슨 일로?

편집장이 의아한 눈으로 둘을 번갈아 봤다.

주서윤이 슬쩍 끼어들었다.

"사실 이번 기획은 여기 있는 김유빈 씨의 아이디어에서 시작했습니다. 곧 있으면 노원구와 도봉구에 있는 여대에서 축제가 열리는데 그곳에서 특별판을 나눠 줄 계획으로 기획안을 만들었습니다."

"그랬군요. 하지만 올해는 여대에서 특별판을 배부할 계획이 없습니다. 자체 리서치 결과 여대생은 구매력이 떨어지고 특별판에 들어 있는 화장품 샘플에만 관심을 보였습니다. 그래서 올해는 여성 직장인을 타깃으로 배부 지역을 정했습니다."

편집장은 유빈이 같이 온 이유에 대해서는 알겠다는 표정이었지만, 배부 지역에 관해서는 단호했다.

주서윤도 더는 말을 꺼내지 못했다.

리서치 결과에 따라 배부 지역을 정했다는데 무슨 말을 할 수 있겠는가.

유빈 씨에게는 안됐지만, 배부 지역을 추가하는 일은 불가능해 보였다.

"그렇다면 안에 있는 잡지를 보게 만들면 되겠군요."

둘의 대화를 유심히 듣던 유빈이 나지막하게 이야기했다.

"무슨 말이죠?"

"편집장님, 특별판 이벤트에서 얻는 효과가 무엇인가요?"

유빈은 대답하지 않고 질문을 했다.

무례할 수도 있는 행동이었지만, 임주현 편집장은 그렇게 생각하지 않은 모양이었다.

유빈의 질문은 그녀가 며칠 동안 계속 생각해 오던 문제이자 고민이었다.

특별판을 나눠 주는 이벤트 자체만으로도 기사화가 되었다. 하지만 비용 대비 효과를 극대화할 방법을 찾는 것도 그녀의 역할이었다.

리서치 결과, 특별판을 받는 사람이 안에 들어 있는 잡지를 보는 비율은 매우 낮았다.

"무슨 말이 하고 싶은 거죠?"

"리서치 결과 여대생들은 샘플만 챙기고 잡지는 안 본다는 결과가 나왔다고 해서요. 작년에는 여대에서 어떻게 배부했는지는 모르지만, 올해 선덕여대와 세원여대 축제에서는 산부인과 전문의를 모시고 상담 천막을 마련할 계획입니다."

"그래서요?"

시크하게 대답은 하지만 유빈은 편집장이 관심을 보이는 것을 알 수 있었다. 그녀의 고민을 제대로 건드린 모양이었다.

"제 계획은 상담을 받고 나온 사람들에게 특별판을 나눠 주려고 합니다. 특별판 안에 미혼 여성이 관심을 가질 만한 소책자가 들어 있다고 이야기를 해 주면 그냥 지나치지 않을 겁니다."

"흐음……."

임수현 편집장은 곧바로 대답하지 않고 노트에 뭔가를 메모했다. 얼핏 보니 산부인과 상담을 여러 번 반복해서 쓰고 있었다.

관심 끌기에는 성공했다.

여세를 몰아 유빈이 말을 이어 갔다.

"젊은 사람들이 많이 다니는 거리에서 배포하는 방법도 좋지만, 상담과 같은 이벤트와 함께한다면 분명히 효과가 배가 될 것입니다."

"그럴까요? 어떻게 장담을 하죠?"

"그럼 이렇게 하시는 건 어떨까요? 저는 확신을 하지만, 편집장님께서는 결정을 내릴 근거가 필요할 거로 생각합니다. 그래서 내년을 대비해 올해는 두 학교에서만 실험적으로 배포해 보는 겁니다."

"두 학교를 실험적으로 미리 해 보자는 거군요."

"만약 효과가 좋으면 내년에는 대한산부인과의사회와 함께 여대에서의 이벤트를 대대적으로 진행하셔도 좋을 것 같습니다. 그냥 거리 이벤트를 하는 것보다는 더 이슈화가 될 것입니다."

유빈이 내년까지 신경 쓸 이유는 없었지만, 주서윤에게는 도움이 될 수도 있었다.

'이 사람 정말 영업사원인가? 어쩜 이렇게 막힘이 없지? 아니, 영업사원이라서 그런 건가?'

밤새워 가며 고민했던 문제를 시원하게 풀어가는 유빈이 다르게 보였다. 편집장의 마음에서 영업사원이라고 살짝 얕보던 마음이 완전히 사라졌다.

내년을 대비해 시험적으로 배부한다는 유빈의 생각 또한 마음에 들었다.

하지만 그의 말만 듣고 바로 확답을 줄 수는 없었다.

그때 밖에서 조심스러운 노크 소리가 들렸다.

"들어오세요. 이 팀장님 무슨 일이에요?

"회의하시는데 죄송합니다. 편집장님. 급한 일이라…….."

"무슨 일이에요?"

"밑에 화보 찍는데 문제가 생겨서요…….."

이 팀장이라 불린 사람이 유빈과 주서윤을 슬쩍 보며 조심스럽게 말했다.

"또요? 이번에도 권 작가?"

"네…….."

"내가 이 사람을 정말. 하아, 두 분 죄송합니다. 일이 생겨서 가 봐야 할 것 같네요. 특별판 여대 배부 건에 관해서는 다음에 연락드려도 될까요?"

무슨 일이 생긴 모양이었다.

주서윤은 편집장이 저렇게까지 이야기하는데 버티고 있을 생각은 없었다.

"네, 그럼 연락…….."

"죄송하지만, 저희 쪽도 시간이 별로 없습니다. 오늘 안에는 결정해 주셔야 저도 다른 계획을 세울 수 있습니다."

유빈이 주서윤의 대답을 막았다. 그는 주서윤과는 생각이 달랐다.

마음이 흔들릴 때 결정을 하게 해야 했다. 게다가 편집장은 영업사원에게는 갑이라고 할 수 있는 의사가 아니었다. 단호하게 이야기할 필요도 있었다.

"……그럼 같이 가면서 이야기하죠."

주서윤은 신기한 눈으로 유빈을 바라봤다.

거의 막힌 길이었다.

그런데 유빈은 실낱같은 틈새를 찾아 편집장의 마음을 돌려놓을 판이었다.

처음부터 불가능하다고 단정 지은 자신이 부끄러웠다. 동시에 이 남자하고 부부싸움을 하면 절대 이길 수 없을 것 같다는 생각이 들었다.

편집장과 이 팀장은 심각한 표정으로 이야기를 나누며 엘리베이터를 탔다. 유빈과 주서윤도 뒤를 따랐다.

지하층에 도착한 엘리베이터 문이 열리자 화보 촬영 현장임을 알 수 있었다.

그런데 현장 분위기가 딱딱했다.

모델은 없고 스태프들만 어색하게 자리에 있었다.

편집장이 나타나자 그제야 사람들은 안심되는 모양이

었다.

"권 작가님, 이번에는 뭐가 마음에 안 드세요?"

편집장이 다가가자 사진기를 붙잡고 구도를 체크하던 사람이 고개를 들었다.

주서윤이 옆에 있는 이 팀장에게 조용히 물었다.

"저 사람 권성욱 작가님 아니세요?"

"맞아요."

권성욱은 주서윤이 알아볼 정도로 유명한 사진작가였다. 티비 프로그램에도 자주 출연했고, 유명 연예인의 화보도 많이 찍은 사람이었다.

"편집장님, 모델이 모델 같아야 사진을 찍죠. 포즈 하나 눈빛 하나 안 되는 애들 데려다 놓고 무슨 사진을 찍으라는 겁니까?"

"하아, 그래서 교체해 왔잖아요."

"다시 온 애들도 똑같습니다."

"이번 컨셉이 뭔지 알잖아요. '나의 대학생 남자 친구한테 입히고 싶은 슈트' 그래서 대학생 모델을 섭외했는데 프로보다 못할 수 있다는 건 참작해야죠."

"대학생이고 뭐고 아무튼 전 마음에 들지 않으면 못 찍습니다. 그리고 풋풋함은 제가 연출하는 겁니다. 요즘 대학생이 얼마나 까졌는데 풋풋함이 나옵니까."

임주현 편집장의 표정이 일그러졌다.

다음 달 잡지에 실릴 화보였다. 한시가 급한 상황이었다.

하지만 권성욱 작가의 고집을 꺾기가 불가능하다는 사실을 그녀는 잘 알고 있었다.

쉽지는 않은 일이지만 어차피 모델을 다시 구해 와야 했다.

여차하면 다음 달로 밀릴 수도 있었다.

이 팀장에게 그 말을 하려는데 옆에 서 있는 유빈이 눈에 들어왔다.

앉아 있을 때는 몰랐지만, 슈트를 입고 서 있는 유빈의 모습이 남달라 보였다.

수많은 모델을 봐 온 임주현은 유빈에게서 가능성을 발견했다.

"저기, 김유빈 씨?"

편집장이 유빈에게 다가갔다.

"네, 편집장님."

"여대 배부 건 말인데요."

"네."

"유빈 씨 말대로 선덕여대와 세원여대도 추가하겠습니다."

"네? 정말이세요?"

갑작스러운 결정에 유빈도 옆에서 듣고 있던 주서윤도 깜짝 놀랐다.

"그런데 한 가지 부탁이 있어요."

"네, 말씀만 하십시오."

예상외로 일이 쉽게 풀리자 기분이 좋아진 유빈이 시원하게 대답했다.

"모델 한번 해 볼래요? 아니, 모델 한 번만 해 주세요. 그 조건으로 배부 지역을 추가하겠습니다."

"……모델이요?"

갑작스러운 제안에 유빈의 표정이 경직되었다.

어쩔 수 없이 승낙한 유빈은 편집장의 손에 분장실로 끌려 갔다.

모델이라니.

한 번도 생각해 본 적이 없는 일이었다. 유빈은 체념하고 전문가들에게 몸을 맡겼다.

"경숙 씨, 이분 메이크업 해 드려요."

메이크업 아티스트는 모델에게 존칭을 쓰는 편집장을 이상하게 쳐다봤지만, 이내 자기 일에 몰두했다.

'어머, 피부 좀 봐. 남자가 모공 하나 안 보이네. 비비크림은 뭘 쓴 거지.'

비비크림을 발랐어도 좋은 피부는 금방 알 수 있었다.

그런데 스펀지로 얼굴을 닦았지만, 아무것도 묻어 나오지 않았다.

"어라? 혹시 얼굴에 뭐 안 발랐어요?"

"아무것도 안 발랐습니다."

유빈은 수련이 경지에 오른 이후로는 스킨, 로션도 바르지 않았다. 피부가 알아서 조절해 줘서 필요가 없었다.

'헉! 이게 진정 생얼이란 말이야?'

여자 연예인을 포함해 수많은 사람에게 화장해 준 그녀였다. 하지만 맹세코 이렇게 아기 피부처럼 완벽한 사람은 처음이었다.

화장을 시작했지만 컨셉상 많이 필요하지는 않았다. 바탕이 워낙 좋으니 작업이 금방 끝났다.

그다음으로 투입된 헤어 디자이너는 유빈의 머리 스타일을 바꿨다.

이마가 훤히 드러나는 스타일에서 앞머리를 내려 대학생 룩을 연출했다. 거기에 캐쥬얼한 수트까지 입자 여지없는 대학생의 모습이었다.

임주현 편집장이 변신한 유빈의 모습을 보더니 만족스럽

게 고개를 끄덕였다.

생각한 것보다도 훨씬 마음에 들었다.

"그런데 김유빈 씨 몇 살이에요?"

"올해로 서른하나입니다."

"네? 정말요?"

편집장을 비롯한 분장실 안에 있던 스태프 모두가 소스라
치게 놀랐다.

변신하기 전에도 많이 봐 줘야 스물대여섯 정도의 얼굴이
었다. 변신한 지금은 대학교 새내기라고 해도 믿을 판이
었다.

유빈 자신도 거울에 비친 모습이 어색했다.

화장의 힘도 있었지만 언제 이렇게 동안이 된 건지. 그저
호심법과 완무의 효능이 놀라울 뿐이었다.

변신을 완료한 유빈이 다시 편집장의 손에 이끌려 촬영장
으로 나갔다.

권성욱 작가는 별 기대 없이 카메라를 손질했다.

어디서 급하게 구해 온 모양인데, 급조한 모델이 마음에
들 리가 없었다.

'이제 슬슬 엘싱글도 때려치워야지. 십 년을 여기서 일했
으니까 이제 독립할 때도 됐어. 그동안 편집장님한테 많이

배우기도 했지만, 오늘 보니 더 배울 것도 없고.'

권성욱 작가는 임주현이 키웠다고 해도 과언이 아니었다.

무명이었던 권성욱의 센스를 알아보고 엘싱글에 취직시킨 사람도 임주현이었다.

권성욱은 이름이 알려진 이후에는 언제라도 잡지사에서 나가 독립 스튜디오를 차릴 수 있었다.

하지만 임주현에 대한 남다른 감정 때문에 남아 있을 뿐이었다. 하지만 이번 일을 계기로 그것도 마지막이라고 생각했다.

"우와."

권성욱이 생각에 잠겨 있을 때 촬영장이 갑자기 웅성거렸다.

촬영장 안에 있던 스태프 모두 유빈에게 시선을 집중했다. 주서윤도 눈이 동그래져 유빈을 쳐다봤다.

"유빈 씨?"

"서윤 님, 저 이상하죠?"

"아니요. 그건 아닌데. 아이돌 그룹 멤버 같아요. 왜 이렇게 귀여워요?"

주서윤이 자기도 모르게 유빈의 머리를 쓰다듬으려 했다.

"앗! 머리는 안 됩니다."

스태프 중 한 명이 재빨리 주서윤의 행동을 제지했다.

"빨리 끝내고 오겠습니다. 그런데 회사에 들어가 봐야 하는 거 아니에요?"

"괜찮아요. 차장님한테 말씀드렸어요. 까짓거 오늘 야근하면 되죠. 이런 좋은 구경거리를 놓칠 수는 없죠."

"하아, 다른 회사 분들한테는 비밀입니다."

내심 주서윤이 빨리 회사에 들어가기를 바랐지만, 그녀는 전혀 그럴 생각이 없어 보였다.

"권 작가님, 숏 가시죠!"

편집장의 외침에 스태프들이 일사불란하게 움직였다.

편집장이 유빈에게 다가와 속삭였다.

"아까 보여 준 잡지 모델처럼 계속 포즈를 바꿔 주면 돼요. 파이팅!"

"편집장님. 약속 지키셔야 합니다."

유빈이 단호하게 말했다.

이렇게까지 하는데 여대에 특별판 배부는 꼭 해야 했다.

"물론이죠. 권 작가가 오케이하면 더 좋겠지만. 우선은 촬영에 집중하세요."

"알겠습니다."

조명 스태프까지 자리를 잡자 유빈이 스크린 앞에 가섰다.

심호흡을 하면서 호흡법과 오라를 동시에 펼쳤다.

이미 세 번의 삶을 경험한 유빈이었다. 그 와중에 이보다 더한 일도 수없이 많았다.

모델 일 정도는 아무것도 아니었다. 유빈의 표정이 편안해졌다.

'흠, 긴장한 것 같지도 않고……. 페이스도 괜찮네.'

카메라 프레임으로 유빈을 살핀 권성욱이 고개를 끄덕였다. 촬영이 시작되었다.

처음에는 촬영이 어색했지만, 유빈은 곧 적응했다.

일단 몸에 착 감기는 수트의 느낌이 좋았다. 전생의 영향 때문인지 유빈은 수트를 입으면 힘이 났다.

그 감각에 집중하면서 편집장이 잡지로 보여 준 자세를 그대로 따라 했다.

"좋아! 정면 보고!"

계속해서 셔터 소리가 울렸다.

임주현 편집장이 한숨을 내쉬었다. 권성욱이 촬영을 멈추지 않는 것을 보니 모델이 일단 마음에 든 모양이었다.

유빈은 사진작가의 요구에 따라 계속 자세를 취했다.

오라가 아니어도 그의 목소리와 눈빛에서 강렬한 에너지가 느껴졌다.

실제로 촬영을 하는 권성욱의 오라는 다른 사람에 비해 유난히 밝은 빛을 발했다. 그가 집중하는 것이 느껴졌다.

'2% 아쉬워. 컨셉은 완벽한데 프로의 표정은 아니야.'

권성욱도 앞선 두 번의 촬영과는 달리 집중했다. 컨셉과 모델이 딱 들어맞으니 그림이 잘 나왔다.

하지만 약간의 아쉬움은 남았다.

드물지만 모델과 교감이 이뤄질 때가 있었다.

특히 탑클래스 프로 모델의 경우에는 사진작가의 마음을 읽는다는 느낌이 들 정도로 원하는 포즈와 표정을 만들어 냈다.

그때의 쾌감은 말로 표현하지 못할 정도였다.

유빈은 사진작가의 오라 중 일부분이 길쭉하게 연장되면서 자신의 오라에 연결되는 모습을 지켜봤다.

써니힐병원 앞에서 시위녀에게 집중할 때와 같은 현상이었다.

유빈은 권성욱의 사념이 전달되는 것이 느껴졌다.

이제 알 수 있었다.

전달되는 것은 언어가 아니었다. 생각의 파장이었다.

'사념이 강하면 강할수록 읽기가 쉽구나.'

동시에 머릿속으로 깨달음이 불현듯 스쳐 지나갔다.

사념으로 전해지는 것은 상대방의 순수한 욕망이었다.

연신 셔터를 눌러 대는 권성욱의 욕망은 단순하면서 강렬했다.

그는 그저 좋은 사진을 찍고 싶어 할 뿐이었다.

깨달음과 함께 권성욱이 원하는 포즈가 유빈의 머릿속으로 들어왔다. 유빈은 그대로 따라 할 뿐이었다.

"좋았어! 지금 좋아!"

셔터를 누르는 속도가 더 빨라졌다.

셔터 소리와 권성욱의 신 난 목소리가 스튜디오를 울렸다.

'이거야! 이 느낌!'

완벽했다. 희열이 느껴졌다. 그가 원했던 모습을 모델이 완벽하게 구현하고 있었다.

강렬한 느낌을 생각하면 어느새 유빈이 강렬한 포즈를 취하고 있었다.

부드러운 눈빛을 원하면 곧바로 눈빛이 바뀌었다.

여러 벌의 수트를 갈아입는 동안에도 둘의 교감은 깨지지 않았다.

체력이 요구되는 일이었지만 유빈도 끝까지 흔들림 없이 촬영에 임했다.

"오케이! 수고하셨습니다!"

권성욱의 외침에 드디어 촬영이 마무리되었다.

스튜디오 안에 박수 소리가 터져 나왔다. 무사히 촬영이 끝난 것에 대한 안도와 사진작가와 모델에 대한 찬사의 의미가 함께 섞인 박수였다.

유빈은 그제야 긴장과 함께 자세를 풀었다.

그런 유빈에게 권성욱이 다가와 손을 내밀었다.

유빈이 그의 손을 맞잡았다. 교감을 나눈 두 남자의 악수였다.

말이 필요 없는 순간이었다.

잠깐의 시간이 흐르고 권성욱이 먼저 입을 열었다.

"어디 에이전시야? 기회가 되면 다시 한 번 작업하고 싶은데."

질문은 유빈에게 했지만, 대답은 다른 사람한테서 나왔다.

"그분은 모델이 아니에요."

임주현 편집장이 두 사람에게 다가왔다.

"모델이 아니라고요? 정말입니까?"

화들짝 놀란 권성욱의 시선이 유빈을 향했다.

"사진 촬영은 오늘이 처음입니다. 다른 일로 왔다가 편집장님이 부탁하는 바람에 잠깐 하게 된 겁니다."

"……말도 안 돼."

권성욱은 더는 말을 잇지 못했다.

그 어떤 프로보다 교감을 느낀 상대가 모델이 아니라니.

한 방 세게 맞은 느낌이었다.

"촬영은 어땠나요? 권 작가님."

권성욱의 숨겨지지 않는 표정에 편집장이 싱긋 웃으며 물었다.

"……최고였습니다. 편집장님한테 더는 배울 게 없다고 생각했는데 제가 성급했군요."

"언제나처럼 솔직하네요. 오늘 저녁에 소주 한잔 어때요? 그동안 서로 바빠서 이야기도 많이 못 나눴네요."

"……그러죠. 편집장님. 하지만 술자리에서는 예전처럼 누님이라고 부를 겁니다."

"마음대로 하세요. 후훗."

유빈 덕분에 권성욱과 좋은 자리를 마련하게 된 편집장이 고마움이 듬뿍 담긴 표정으로 유빈을 향했다.

사실 그녀도 권성욱만큼이나 놀라고 있었다.

처음 모델을 해 본다는 유빈의 말을 곧이곧대로 믿기 어려울 정도였다.

"영업사원 그만두고 이쪽으로 넘어오는 건 어때요? 제가 좋은 에이전시 소개해 줄게요. 재능이 아까워서 그래요."

"하하, 사진작가님의 카리스마에 휩쓸려서 잠깐 제가 어떻게 됐나 봅니다. 재미있는 경험이었지만 저는 영업 일이 더 재미있습니다."

"그렇다면 어쩔 수 없군요. 자기 일을 재미있어 하는 사람은 이길 수 없죠."

"그건 편집장님도 마찬가지인 것 같은데요."

"호호, 영업사원은 다 유빈 씨 같은가요? 어쩜 사람 마음을 그렇게 잘 알고 기분 좋게 해 주죠? 호호. 유빈 씨. 약속은 꼭 지킬게요. 축제일에 필요한 부수만큼 특별판을 보내겠습니다."

"고맙습니다."

편집장의 확답을 듣고 난 유빈이 그제야 웃으며 주서윤을 쳐다봤다. 주서윤이 활짝 웃으며 엄지손가락을 내밀었다.

아침 일찍 들어간 엘싱글 빌딩을 해가 중천을 훌쩍 지나서야 나올 수 있었다.

건물 밖으로 나와서도 주서윤은 웃음을 참지 못했다.

"제 모습이 그렇게 재밌어요?"

"아니요. 호호. 저 유빈 씨, 미안한데 한 번만 누나라고 불러 주면 안 돼요?"

유빈은 앞머리를 내린 상태였다. 옅지만 화장도 그대로였다.

촬영이 끝나자 촬영 전과는 달리 유빈을 챙겨 주는 사람은 없었다. 주서윤은 유빈의 그런 모습이 귀엽다고 계속 난리였다.

"하아, 안 됩니다."

왠지 한동안은 놀림감이 될 것 같은 예감이었다.

"배고프죠? 밥 먹고 들어가요."

아무튼, 엘싱글에 같이 와 준 주서윤이 고마웠다. 그녀 덕분에 편집장과도 자연스럽게 만날 수 있었다.

"안 그래도 꼬르륵 소리가 계속 나서 민망하네요. 호호. 이쪽은 다 비싸니까 강남역으로 갈까요?"

강남역에서 늦은 점심을 먹고 나온 두 사람은 인파를 피해 지하철역으로 향했다.

역시 강남역 주변은 평일인데도 사람이 많았다.

꼬치 가게, 떡볶이 포장마차 등등 먹거리와 함께 노점상들도 성업 중이었다.

그중 한 천막을 가게를 본 주서윤이 유빈에게 슬쩍 물었다.

"유빈 씨도 사주나 타로점 같은 거 봐요?"

그녀는 재미로라도 가끔 타로점을 봤다. 기분 전환도 되고 가끔은 정말로 잘 맞추는 사람도 있었다.

"아니요. 한 번도 본 적이 없습니다. 돈도 없고요."

"어머, 짠돌이네. 여자 친구가 보자고 하면 봐야죠."

"글쎄요. 그런 적이 없어서……."

대답하던 유빈이 갑자기 길 한복판에 멈춰 섰다.

"타로……."

"왜 그래요? 설마 짠돌이라고 해서 삐쳤어요?"

"지금 보죠."

"네?"

유빈이 주서윤의 손목을 잡고 타로집이라고 쓰여 있는 천막으로 들어갔다.

유빈과 주서윤이 건물에서 나오자 건너편에서 담배를 피우던 남자가 급하게 장초를 바닥에 던졌다.

그러고는 주차된 차 뒤로 숨어 둘의 사진을 연속으로 찍었다.

유빈과 주서윤이 멀어지자 사진을 찍던 남자가 전화로 누군가에게 보고했다.

"고입니다. 웬 여자와 같이 논현동에 있는 건물에서 나왔습니다. 네. 네. 잡지사요? 네, 엘싱글이라는 간판이 있습니다. 네, 오늘 저녁에 사진 전송하겠습니다. 그런데 이번 달 의뢰비가 아직 안 들어왔던데……. 네, 확인하겠습니다. 또 연락하겠습니다."

전화를 끊은 남자가 급하게 두 사람을 따라갔다.

천막 안은 생각보다 비좁았다.

그래서 그럴까 아늑한 느낌도 들었다.

천막의 주인은 유빈과 주서윤이 들어오자 읽던 책을 천천히 덮었다. 안경이 잘 어울리는 30대 중후반의 남자였다.

"안녕하세요. 타로를 보러 왔습니다."

유빈의 갑작스러운 행동에 놀란 주서윤도 천막 안으로 들어오자 이내 눈빛이 반짝거렸다.

가볍게 눈인사를 하고 의자에 앉으니 남자가 말없이 책상 위로 가격표를 밀었다.

신비하게 보이려는 건지 말은 없었지만 주서윤의 얼굴을 확인한 순간 남자의 동공이 급격하게 확대되었다.

가격표에는 폴락의 타로점이라는 큰 글씨가 쓰여 있었다. 주인의 이름이 폴락인 모양이었다.

그 밑으로는 연애운, 진로운, 직업운 등등이 나열되어 있었다. 한 가지 질문은 오천 원, 궁합은 만 원이었다.

"유빈 씨, 타로 처음이랬죠? 이 중에 하나를 고르면 고른 주제에 관해서 리딩해 주시는 거예요."

주서윤은 설명해 주면서 내심 유빈이 연애운을 고르길 바랐다.

"그렇군요. 그럼 저는 직업운으로 하겠습니다."

"유빈 씨가 뭐 그렇죠. 왠지 그럴 줄 알았어요."

주서윤이 툴툴대며 조그마하게 '난 그럼 연애운이나 볼까'라고 중얼거렸다.

폴락은 대화하는 두 사람을 유심히 살폈다.

'겁나 예쁘네. 연예인 아니야? 하긴 이 시간에 강남역에서 타로 보는 연예인이 어디 있겠어. 그럼 근처 회사의 직장인인가? 아니야. 회사원이라고 하기에는 너무 정장이고 이 시간에 여유 있게 타로를 볼 리가 없지. 그렇다면……. 구직자 또는 면접 보러 온 사람들인가 보다. 남자는 대학생 같고 여자는 면접장에서 만난 사람인 거야. 대학생이라 돈이 없으니 오천 원짜리 하나만 물어보는 거지. 짜증 나게. 서로 존칭을 쓰는 것을 보니 둘이 별로 친한 사이는 아니고. 남자는 여자가 보자고 해서 어쩔 수 없이 들어온 거야. 음, 남자는 대충하고 여자한테 집중해야겠다.'

생각을 정리한 폴락이 고풍스러운 천주머니에서 카드를 꺼냈다.

폴락은 원래 사주를 봤었지만, 장소를 강남역으로 옮기면서 타로로 전공을 바꾸었다.

두 분야 모두 꾸준히 공부해야 하는 분야였다.

하지만 폴락은 타로에 대해 한 달 정도 배우고 바로 일을 시작했다. 몇 번 손님을 상대하다 보니 타로는 화려한 언변과 함께 리딩의 끝을 긍정적으로 끝내면 대부분의 손님은 좋아하며 복채를 냈다.

'말만 잘하면 되니, 이렇게 쉬운 돈벌이도 없지.'

"그럼 셔플하겠습니다."

카드를 쳐다보는 유빈의 눈빛이 깊어졌다.

알 수 없는 떨림, 또는 희열이 깊숙한 곳에서 뒤엉키며 솟구쳐 올라왔다.

동시에 집시였던 세 번째 전생의 기억이 퍼즐 조각처럼 맞춰졌다.

그녀는 뛰어난 타로 리더(Reader)였다. 그녀가 살던 시대에서 타로는 단순한 점술이 아니었다.

타로는 카발라로 알려진 유대교 신비주의 전통에서 유래된 세계의 의미를 이해하는 신비학의 일종이었다.

그녀는 평생 타로 리딩으로 많은 사람에게 교훈과 도움을 주었다.

하지만 결과적으로 그녀의 행동이 마녀로 낙인찍히는 결정적인 이유가 되어 화형을 당했다.

인생의 의미를 부여해 준 동시에, 마지막을 맞게 한 것이 바로 타로였다.

폴락의 목소리가 유빈의 깊은 상념을 깨뜨렸다.

그는 카드를 셔플하더니 정돈된 카드 덱을 유빈의 앞에 놓았다.

"손바닥을 아래로 향해서 카드와 마주 보게 하고 직업운에 대해 마음속으로 생각하세요. 그리고 알고 싶은 질문을 하세요."

유빈의 폴락의 말을 그대로 따라 하며 말했다.

"저의 직업운은 어떤가요?"

폴락이 카드 덱을 부채꼴로 펼쳤다.

"이게 다 몇 장이죠?"

카드를 고르게 펼치는 것도 기술이라 보통 손님은 놀라움을 표시하거나 신기해 했다. 그런데 유빈의 질문은 생뚱맞았다.

"크흠, 78장입니다. 의식 중에는 다른 질문은 하지 마세요."

폴락의 대답과 관계없이 유빈의 눈이 빛났다.

그가 알고 있는 타로 카드의 수는 22장뿐이었다.

흥미로웠다.

몇백 년이 지났으니 타로도 변하는 것은 당연했다.

"마음이 가는 카드 세 장을 오른손으로 뽑아서 순서대로 놔주세요."

단순한 3카드 스프레드 방법이었다.

과거에 유빈도 자주 사용하던 방식이었다. 단순하지만 어떤 순서로 펼치느냐에 따라 다양한 리딩을 할 수 있었다.

폴락의 방식이 궁금했지만, 유빈은 묻지 않았다. 그저 그가 어떻게 리딩할지 궁금할 뿐이었다.

폴락이 유빈이 놓은 첫 번째 카드를 뒤집었다.

카드의 그림은 신비한 문양과 다양한 색채로 화려했다. 유빈의 알던 그림과는 달랐지만, 무슨 카드인지는 바로 알 수 있었다.

22장의 아르카나 카드 중 열두 번째인 매달린 남자(Hanged Man)였다.

폴락이 고개를 끄덕이더니 두 번째가 아닌 세 번째 놓은 카드를 뒤집었다. 심판(Judgment) 카드였다.

마지막이자 가운데 놓인 카드는 열 번째 카드인 운명의 수레바퀴(Wheel of Fortune)가 나왔다.

유빈이 세 장의 카드를 유심히 살피고는 알겠다는 듯이 고개를 끄덕였다. 세 장의 카드는 정확히 자신의 상태를 나타내고 있었다.

폴락은 속으로 움찔거렸다.

78장 카드 중 뽑은 세 장이 모두 메이저 아르카나 카드로 나오다니. 그것도 모두 정방향이었다.

있을 수 없는 일은 아니지만, 확률이 굉장히 낮은 조합이었다.

잠시 카드를 들여다보던 폴락이 리딩을 시작했다.

"첫 번째 카드는 당신이 직업과 관련한 가까운 과거를 말해 줍니다. 직업과 관련시키자면 매달린 남자는 당신은 취직을 위해 노력했지만 연속해서 실패한 경험을 이야기하고 있습니다."

폴락의 유빈의 반응을 살폈다. 하지만 유빈은 무표정했다.

오히려 흥미 있게 듣고 있던 주서윤의 입매가 꿈틀거렸다. 웃음을 참고 있는 게 분명했다.

굴지의 외국계 회사에 수석으로 입사해 승승장구하는 남자에게 취직 실패라니.

그다음 이야기는 듣지 않아도 뻔했다.

주서윤의 무슨 생각을 하는지 알 리 없는 폴락은 별 수확 없이 다음 카드를 설명했다.

예쁜 여자와 같이 다니는 것도 눈꼴시는데 호응을 전혀 안 해 주는 유빈이 이래저래 마음에 안 들었다.

"제가 두 번째로 뒤집고 손님이 마지막으로 뽑은 카드는 심판 카드입니다. 두 번째 카드는 당신 앞에 놓인 장애물을 말합니다. 즉, 당신은 앞으로 서류는 잘 통과하겠지만, 면접에서 합격 여부가 결정될 거라는 뜻입니다. 면접 준비를 잘 하셔야겠군요."

진지하게 듣던 유빈이 뒤로 몸을 젖혀 등받이에 몸을 기댔다. 더 들을 필요가 없었다.

폴락이라는 사람은 그저 카드의 겉모습만 보고 있었다. 요즘 타로 리더의 수준이 궁금했던 유빈은 실망할 수밖에 없었다.

유빈의 마음도 모르고 폴락이 마지막 카드를 리딩했다.

"마지막 카드는 난관에 대응하기 위한 당신이 준비해야 할 것을 말해 줍니다. 그런데 운명의 수레바퀴가 나왔군요. 즉, 당신의 실력보다는 운이 더 크게 작용한다는 의미입니다. 그러니 계속 취직이 안 된다고 조급하게 생각하지 말고 마음을 편하게 운에 맡겨 보세요. 그럼 좋은 일이 생길 겁니다. 직업운은 다른 운과도 연결되어 있습니다. 다른 운에 대해서도 알면 직업운도 좋아질 수 있습니다."

자신의 리딩에 만족한 듯한 폴락이 은근히 다른 리딩을 권했다.

"그게 끝인가요?"

하지만 유빈의 목소리는 냉랭했다.

"네? 그렇습니다만. 아, 저한테 운을 좋게 하는 부적도 있습니다. 취직에 직방이죠. 이걸 매일 몸에 지니고 있던 친구가 바로 취직에 성공했습니다."

"……그건 얼마죠?"

"오만 원입니다."

타로가 돈벌이의 수단으로 전락하다니. 마음이 무거워진 동시에 눈앞에 사내가 괘씸했다.

그리고 아까부터 리딩에 집중하지 않고 주서윤을 흘깃거리는 모습도 마음에 들지 않았다.

"저하고 간단한 내기 하실래요?"

유빈의 뜬금없는 제안에 폴락이 잠시 멍하니 유빈을 바라봤다.

"……무슨 내기 말인가요?"

"제가 들어 보니 그쪽의 리딩은 하나도 맞는 게 없습니다."

"뭐, 뭐요!"

발끈한 폴락이 험악한 표정을 지었다.

확신을 하고 이야기한 내용은 아니지만, 타로라는 게 코에 걸면 코걸이 귀에 걸면 귀걸이 아닌가.

이렇게 대놓고 안 맞는다고 하는 사람은 처음이었다.

하지만 섣불리 어떤 행동을 하지는 못했다. 대학생으로 보이는 눈앞의 남자에게서 위압감이 풍겼다.

'싸우면 진다'라는 남자의 본능적인 감각이었다.

주서윤도 유빈의 직설적인 말에 눈이 동그래졌다.

잘 안 맞은 것은 사실이지만 그래도 이렇게까지 말할 필요는 없었다. 평소 유빈의 모습과는 너무 달랐다.

"그래서 저는 별로 돈을 내고 싶은 생각이 없습니다. 하지만 그렇게 하면 그쪽도 불만일 테니 간단한 내기를 하자는 겁니다."

"……."

'역시 돈 때문이었군.'

눈앞의 진상 손님을 어떻게 해결해야 할지 폴락의 머리가 복잡해졌다.

"내용은 간단합니다. 펼친 78장의 타로 카드 중 세 장을 제가 다시 뽑습니다. 그 세 장의 카드가 조금 전에 뽑았던 카드와 일치한다면 제가 이기는 겁니다. 반대로 하나라도 다르다면 당신이 이기는 거고요. 어떻습니까?"

폴락은 다시 한 번 멍해졌다. 이 자식 바보인가?

똑같은 카드가 나올 리가 없었다.

"내기 대상은 리딩의 대가인 오천 원입니다. 제가 이기면 돈을 안 내고 가겠습니다. 당신이 이긴다면 두 배인 만 원을 드리죠."

"……좋습니다. 후회하지 마십시오. 무르기 없습니다. 저 아가씨가 증인입니다."

"그렇게 하죠."

주서윤이 유빈의 옷자락을 잡아끌었지만, 유빈은 괜찮다는 표정으로 그녀를 안심시켰다.

이 녀석은 분명히 겉만 멀쩡한 멍청이다.

오늘 운세가 나쁘지 않다고 생각하며 폴락이 카드를 섞었다.

유빈에게 타로를 봐 줄 때보다 두 배는 정성 들여 섞더니 카드를 책상 위에 펼쳤다. 어디 한번 해 보라는 표정이었다.

유빈은 카드를 잠시 살피더니 순식간에 세 장의 카드를 뽑았다.

주서윤의 침 넘기는 소리가 작은 천막을 울렸다.

"뒤집어 보죠."

유빈이 첫 카드를 뒤집었다.

"헉!"

"앗!"

폴락과 주서윤의 입에서 서로 다른 단말마의 소리가 터져 나왔다.

카드는 '매달린 남자'였다.

'……우연일 거야.'

폴락이 침을 꿀떡 삼켰다.

사실 만 원이 큰돈은 아니었지만, 어쨌든 내기에서 지고 싶은 생각은 없었다.

그리고 질 거라고 생각하지도 않았다.

유빈이 다음 카드를 넘겼다.

"말도 안 돼!"

'심판' 카드가 떡하니 모습을 드러냈다. 심지어 정방향에 지금까지는 순서도 같았다.

"제가 운이 좋군요. 그럼 마지막 카드를 넘겨 볼까요?"

"잠깐! 마지막 카드는 내가 넘겨도 되겠죠?"

폴락이 다급하게 유빈의 팔을 가로막았다. 뭔가 수를 쓰지 않고는 이런 결과가 나올 수 없었다.

"후우……."

거친 숨을 내쉰 폴락이 천천히 마지막 카드를 뒤집었다.

"……!!"

월 오브 포춘, 운명의 수레바퀴였다.

"당신 말처럼 마음을 편하게 하고 운에 맡겼는데 결과는 나의 승리군요."

"아니, 이럴 수가 없는데……."

폴락은 넋이 나간 표정이었다.

하지만 반박할 수는 없었다. 카드는 그가 몇 년 동안 사용해 온 카드고 셔플도 자신이 했기 때문이었다.

유빈이 수를 쓸 수 있는 여지는 없었다.

"한 가지만 이야기해 주죠. 돈이 목적이 되면 제대로 된 리딩은 평생 할 수 없을 겁니다. 서윤 님, 갈까요?"

유빈이 자리에서 일어나면서 단호하게 말했다. 폴락만큼

이나 혼란스러운 표정의 주서윤도 어정쩡한 자세로 유빈을 따라나섰다.

"……어떻게 한 거예요?"

한참을 말없이 걷던 주서윤이 지하철역에 가까이 와서야 물었다.

"하하. 그냥 운입니다."

"진짜로요. 이번만큼은 그냥 넘어갈 수 없어요. 진짜 알고 싶어요."

유빈은 항상 이런 식이었다.

제주도에서 사탕으로 피로를 풀어 줬을 때도 그리고 지금도.

주서윤이 진지한 표정으로 유빈의 눈을 바라봤다.

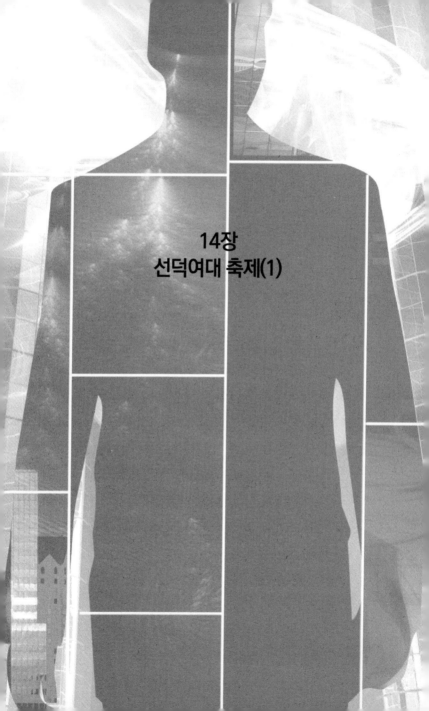

14장
선덕여대 축제(1)

지금은 말해 줄 수 없었다.

전생과 오라와 호심법……. 주서윤이 받아들이기 쉽지 않을 내용이었다.

"서윤 님. 지금 말고 마음의 준비가 되면 말해 줄게요. 저도 하고 싶은 말은 많아요. 하지만 아직은 때가 아니에요."

그녀의 두 눈이 유빈의 눈을 똑바로 향했다.

유빈이 진심임을 그녀는 알 수 있었다.

"하아, 좋아요. 마음의 준비가 왜 필요한지는 모르겠지만, 언젠가는 꼭 이야기해 줘야 해요."

진지해졌던 서윤의 표정이 스르륵 풀렸다.

"하하. 알겠습니다. 제가 뭔가를 이야기한다면 서윤 님이 첫 번째 사람일 겁니다. 약속합니다."

"헤헤. 그럼 됐어요. 유빈 씨, 저 이제 들어갈게요. 다음에
봐요."

그녀가 손을 흔들며 계단 아래로 내려갔다.

주서윤이 사라진 강남역 2번 출구를 한참 동안 쳐다봤다.

그녀는 이미 유빈의 삶에서 큰 자리를 차지하고 있었다.

하지만 유빈은 목표를 위해 나아가야 했다. 아니, 날아가
야 했다. 지금은 그녀를 곁에 둘 여유가 없었다.

유빈이 걸음을 근처 대형 문고로 향했다.

사야 할 물건이 있었다.

"아버지, 도매상 쪽 일은 잘 처리된 겁니까?"

최상렬, 최석원 부자는 밥 먹는 동안에도 전혀 대화가 없
었다. 거의 밥을 다 먹은 최석원이 처음으로 입을 열었다.

"잘 안 됐다."

"잘 안 됐다고요?"

최석원이 숟가락을 내려놓았다.

아버지가 마음만 먹으면 지금까지 안 되는 일이 없었다.

"도매부 전 상무가 와서 이실직고했다. 강북구 도매상 사

장이 와서 따졌다고 하더군. 김유빈이가 다른 곳에서 엔젤로를 가져와서 납품을 늦추는 것이 의미가 없게 됐다고."

"그 많은 엔젤로를 도대체 어디서……."

"내가 이야기를 들어 보니 만만한 친구가 아니다. 네 일도 다시 한 번 확인해 봐라."

"제 쪽은 확실합니다. 사진까지 다 받았습니다."

"……그래?"

최상렬이 조금 놀란 듯 아들을 쳐다봤다.

사진이라면 사람을 고용했다는 이야기였다.

"김유빈이 이번에 또 무슨 일을 벌이려는 것 같습니다. 사람을 붙였는데 여대 축제와 지역의 클리닉을 연결하는 뭔가를 준비 중입니다."

"여대? 거기가 어디냐?"

"도봉구에 있는 선덕여대입니다."

"클리닉 쪽은?"

"망하기 직전의 병원입니다.

"그럼 신경 안 써도 되는 거 아니냐? 그런 병원에서 처방을 늘려 봤자 얼마나 늘리겠느냐. 똑똑한 친구인 줄 알았는데 미숙한 면도 있군. 너도 그쪽에는 그만 신경 쓰고 의사회에 집중해라."

최석원도 김유빈이 왜 C급 병원에 시간을 많이 쏟는지 궁금하기는 했다. 아마 그 병원 원장이 차기 도봉구 의사회 회장을 맡을 거라는 이야기를 어디선가 들은 모양이었다. 그 정도가 최석원이 추측할 수 있는 유일한 이유였다.

"……저는 계속 진행하고 싶습니다. 아버지."

웬만하면 자신의 말에 토를 달지 않는 아들의 눈빛이 강렬했다. 실적이 아니더라도 김유빈을 제대로 찍은 모양이었다.

"그래, 네가 내 말을 허투루 듣지 않았구나. 자라날 가능성이 있는 싹은 완전히 짓밟아야지."

"감사합니다. 아버지."

"선덕여대라……. 마침 잘됐군."

잠깐 생각을 한 최상렬이 고개를 끄덕였다.

"왜요?"

"거기 교무처장이 경성 고등학교 후배다. 동문회에서 몇 번 만난 적이 있지."

"그럼……!"

"김유빈이 무슨 일을 하려는 건지 정확히 알아 와 봐라. 여대 안에서 뭔가를 하는 거라면 꼬투리를 잡아서 못 하게 하면 되겠지."

"아버지, 그럼 부탁드리겠습니다."

강북 2팀의 월요일 회의 시간.

평소와는 다르게 회의실 분위기가 무거웠다.

각자의 주간계획 발표가 끝나자 이혁 지점장이 팀원들에게 한마디씩 했다.

"여러분이 열심히 해 준 덕분에 2분기에는 좋은 실적을 냈습니다. 하지만 싸이클 미팅 이후로 자만이라고 할까, 지금의 실적에 만족하는 모습을 보여 주고 있어서 걱정됩니다. 여기서 조금만 더 힘을 내면 강남 1팀도 잡을 수 있습니다. 다들 힘냅시다!"

"알겠습니다!"

이혁의 의욕 넘치는 파이팅이 전달되었을까.

일단 열띤 분위기로 회의는 마무리되었다.

"자, 그럼 저녁에 전화보고 해 주세요. 그리고 김유빈 씨는 잠깐 남으세요."

다른 직원들과 같이 일어나려던 유빈이 다시 자리에 앉았다.

지점장이 무슨 이야기를 할지는 대충 예상이 되었다.

"유빈아, 써니힐병원 하나 성공했다고 요즘 너무 평이하게 가는 거 아니야? 어떻게 이번 달에 대형 병원 세미나가 한 건도 없어?"

이혁이 유빈의 어깨 위에 손을 올렸다.

자신을 걱정하는 지점장의 따뜻한 손길이 느껴졌다.

강북 2팀에 발령받고 3개월 동안 유빈은 그야말로 종횡무진 했다. 주간계획 발표 때도 가장 튀는 사람은 항상 유빈이었다.

그런데 제주도 싸이클 미팅 이후로는 전혀 그런 모습이 보이지 않았다.

유빈을 무한 신뢰하는 이혁이지만, 혹시라도 초반에 너무 큰 건에 성공하다 보니 유빈이 의욕을 잃었을까 내심 걱정이 되었다.

신입사원치고는 무난하게 일을 잘하는 것은 틀림없었다. 하지만 워낙 유빈에 대한 기대가 크다 보니 이혁은 잔소리를 할 수밖에 없었다.

무엇보다 그는 유빈이 올해 베스트 MR이 되기를 바랐다.

"걱정하지 마세요. 지점장님. 지금 타깃으로 삼은 병원만 잘 풀리면 써니힐만큼은 아니어도 실적에 큰 도움이 될 겁니다."

"그래? 그 병원이 어딘데?"

"도봉구에 있는 사랑산부인과하고 몇 군데 더 있습니다. 작은 클리닉이고 아직 처방은 미미하지만 분명 잠재력이 있습니다."

유빈도 이혁 지점장의 마음은 알고 있었다.

그리고 충분히 이해했다.

하지만 지금까지 진행 상황을 굳이 설명하지는 않았다.

실적이 모든 것을 설명해 줄 것이기 때문이었다.

"사랑산부인과라…… 처음 들어 보는 병원인데……."

유빈의 자신감 넘치는 얼굴을 이혁이 미덥지 않게 쳐다봤다.

아무리 생각해도 클리닉보다는 대형 병원이 대세였다.

환자 숫자에서 일단 상대가 안 되는데 클리닉에서 아무리 처방이 나와도 상대가 안 되었다.

"이번 주에 선덕여대 축제가 있습니다. 사랑산부인과 김이진 원장님께서 여대생을 상대로 부인과 상담을 해 주기로 했습니다. 지점장님도 시간 되시면 한 번 와 보세요."

이혁의 걱정스러운 얼굴과는 달리 유빈이 해맑게 대답했다.

"됐다. 축제는 무슨."

그나마 유빈이 뭔가를 하고 있다는 생각에 일단 안심은 되었다. 의욕을 잃은 건 아니었다.

"제가 사전 답사차 한 번 다녀왔는데 정말 예쁜 여대생이 많더라고요. 뭐, 시간이 안 되시면 어쩔 수 없죠."

"……며칠인데?"

새벽같이 일어난 유빈이 호심법과 완무의 수련으로 하루를 시작했다.

그러고는 정돈된 자세로 침대 위에 타로 카드를 펼쳤다.

오늘은 바로 디데이, 선덕여대 축젯날이었다.

축제 그리고 부인과 상담을 생각하며 유빈이 카드를 뽑았다.

"흐음……."

탑(The Tower), 전차(The Chariot) 그리고 역방향의 고위 여사제(The High Priestess)가 순서대로 나왔다.

유빈의 표정이 무거워졌다.

리딩으로 보면 계획했던 일들이 순조롭게 진행될 것 같지는 않았다.

타로 리딩은 세 번째 전생을 본 후 유빈의 일상에 추가된 일과였다.

익숙해지기 위해 매일같이 연습하는 이유도 있었지만, 하루를 미리 살피는 타로 리딩은 실제로 영업에 도움이 되었다.

일어날 수 있는 난관, 그날의 사람운 등등 다양한 상황을 타로가 암시해 줬다.

리딩에 개의치 않고 일을 진행하기도 했지만, 리딩에 맞춰 행동하면 좀 더 원하는 결과가 나타났다.

'역방향의 고위 여사제라.'

타로 카드를 주머니 안에 넣으며 머릿속에 마지막 카드를 각인시켰다.

어느덧 뜨거운 여름이 가고 가을의 초입이었다.

축제를 즐기기에는 최고의 날씨였다.

유빈은 아침에 본 타로를 마음속에 묻어 두고 기분 좋게 사랑산부인과로 향했다.

병원 앞에 도착하니 이른 아침부터 인테리어 공사가 한창 진행 중이었다.

"원장님."

"아, 유빈 씨. 왔어요? 정장 안 입으니까 대학생 같아요."

김이진 원장이 반갑게 유빈을 맞았다. 하지만 한편으로는 심란한 표정이었다.

20년 동안 정들었던 진료실을 때려 부수고 있으니 그럴 만도 했다.

"원장님도 오늘 신경 좀 쓰셨네요. 화장도 하시고. 하하."

유빈은 일부러 더 환하게 다가갔다.

"민얼굴로 상담할 수는 없잖아요. 유빈 씨도 여대에 간다고 때 빼고 광낸 거 아니에요?"

"사실 저도 평소보다 오래 씻었습니다."

"호호, 그나저나 긴장되네요. 왜 이렇게 긴장이 되지? 여대생들이 상담을 받으러 오기는 올까요?"

"일단 가 봐야 알 것 같습니다. 10시부터 하기로 했으니까 슬슬 출발해야겠는데요."

"휴우, 그럼 갈까요?"

긴장한 모습이 역력한 김이진 원장과 이 간호사가 자동차 뒷좌석에 앉았다.

선덕여대에 들어서자 큰 길가 주변으로 이미 많은 천막이 서 있었다.

본격적으로 축제가 시작되지 않았는데도 돌아다니는 사람이 많아 보였다.

김이진 원장은 오랜만에 대학교에 왔는지 창밖 캠퍼스 풍경에서 시선을 떼지 못했다.

"어머, 젊음이 좋긴 좋네요. 저렇게 목 좋은 곳에서 하면 사람들이 많이 오겠네요. 너무 많이 와서 다 상담을 못해 주면 어떡하지."

유빈은 김이진 원장을 미리 실망시키고 싶지 않았다.

차가 큰길을 벗어나 인적이 드문 외진 곳으로 이동했다.

처음보다 낯빛이 어두워진 김이진 원장이 조심스레 물었다.

"유빈 씨, 어디까지 가는 거예요? 이쪽은 사람이 거의 안 다니는데……. 상담하는 장소로 가는 거 맞아요?"

"……거의 다 왔습니다. 원장님. 미리 말씀드리지 못해서 죄송합니다. 학생회에서 상담 천막을 외진 장소에 지정해 줬습니다."

"……그래요?"

한껏 의욕에 찼던 김이진 원장은 단단히 실망한 표정이었다.

그녀도 이번 기회에 상담받은 여대생들이 병원에 와 주기를 내심 바라고 있었다.

"어쩔 수 없죠. 유빈 씨가 노력한 거 아니까 미안해하지 마요. 그래도 열 명은 넘게 오겠죠."

김이진 원장은 유빈이 미안해할까 봐 애써 얼굴을 폈다.

천막에 도착한 유빈이 제작해 놓은 플래카드를 걸었다. 김이진 원장도 병원에서처럼 흰색 가운을 입고 진료 도구를 세팅했다.

그러는 동안 30분이 지났지만, 지나간 사람은 두세 명밖에 없었다. 그나마 산부인과 상담이라는 플래카드를 보고 빨리 지나치기에 바빴다.

'내가 너무 안이하게 생각한 건가.'

걱정은 됐지만 준비한 것은 다 해 봐야 했다. 안 그래도 풀이 죽은 김이진 원장에게 불안한 모습을 보일 수는 없었다.

유빈이 전화기를 꺼냈다.

"여보세요. 어디쯤 오셨나요?"

팔자에 없는 모델 일을 하면서 얻어 낸 엘싱글 특별판이 오고 있었다. 일단 원장의 기를 살려 줘야 했다.

조금 기다리자 자그마한 포터 차량이 상담 천막 앞에 와 섰다.

"아이고, 박스에 뭐가 들었는지 몰라도 무겁던데 같이 좀 내립시다."

배송기사 아저씨가 차에서 내리자마자 우는소리를 했다.

임주현 편집장이 보내 준 엘싱글 특별판은 300부였다.

하루 최대 상담 인원 150명을 예측해 유빈이 부탁한 숫자였다.

"그러지 마시고 제가 밑에서 받아서 옮기겠습니다."

"에헤이. 무거워서 힘들어요. 잘못하면 허리 나갑니다."

"걱정하지 마시고 위에서 밀어주세요."

"난 분명히 말했습니다. 그럼 잘 받으쇼. 영차!"

박스 하나에 특별판이 60부씩 꽉꽉 채워져 있어 무게가 상당했다.

배송기사가 힘겹게 포터 밖으로 박스를 밀었다.

웃옷을 벗은 유빈이 박스를 가볍게 받아들였다. 냉동창고

에서 수천 개의 고기 박스를 날라 본 유빈에게는 별문제가
되지 않았다.

"허어, 날씬해 보이는 데 힘이 장사구먼."

소란스러운 소리에 천막 밖으로 나온 김이진 원장도 두 눈
이 동그래졌다.

"이게 다 뭐예요?"

"여성잡지 특별판입니다. 상담받은 학생에게 하나씩 주려
고 준비했습니다. 뭐가 들어 있는지 한 번 보세요."

박스를 뜯은 유빈이 투명한 비닐 속에 들어 있는 특별판을
건넸다.

"언제 이런 걸……."

김이진 원장은 자신을 위해 유빈이 뒤에서 많은 것을 준비
했다는 사실을 알았다. 코끝이 찡해졌다.

"어머, 화장품 샘플이네! 유빈 씨, 저도 하나 주세요."

역시나 죽상이었던 이 간호사가 언제 그랬냐는 듯이 천막
에서 뛰쳐나왔다.

30대 중반인 이 간호사가 좋아하는 모습을 보니 여대생들
도 분명 좋아할 것 같았다.

"저는 그럼 홍보하러 다녀오겠습니다. 박스는 천막 안에
놓겠습니다. 상담받은 분한테 하나씩 주세요."

유빈은 사람이 많이 모여 있는 장소를 돌아다니며 특별판

을 10부씩 나눠 주었다.

확실히 특별판의 반응은 좋았다.

10부씩만 나눠 주다 보니 서로 받으려 난리였다.

사람들은 희소가치가 있는 물건에 열광하는 법.

받은 사람과 못 받은 사람 모두에게 산부인과 천막의 위치를 알려 줬다.

"산부인과 전문의에게 공짜로 상담도 받고 선물도 줍니다. 언어교육원 바로 옆에 가면 상담 천막이 있습니다. 친구들한테도 전해 주세요."

유빈은 아직 시작하지 않은 주점 거리를 지나갔다.

'은아가 나와 있으려나.'

최은아에게까지 부탁하고 싶지는 않았지만, 지금은 지푸라기라도 잡아야 하는 상황이었다.

집 근처 커피숍에서 친해진 최은아가 놀러 오라고 한 심리학과 주점 근처에 가자 몇몇 학생이 영업 준비를 하고 있었다.

"오빠!"

유빈이 근처에서 서성거리자 최은아가 반갑게 이름을 부르며 다가왔다.

"어, 은아야. 다행이다. 있었네."

"네? 뭐가요? 오빠 주점 시작하려면 아직 멀었어요. 왜 이렇게 빨리 왔어요?"

최은아가 속사포처럼 질문을 했다.

"은아야, 부탁 좀 할 수 있을까? 일단 이거 줄게."

유빈이 엘싱글 특별판 10부를 최은아에게 건넸다.

"이게 뭐예요? 우와!"

"친구들한테 나눠 줘. 그리고 홍보 좀 해 주라."

저녁에 주점에 들르겠다고 약속을 하고 유빈은 상담 천막으로 다시 돌아갔다.

다행히 천막 안에서 상담을 받는 학생이 있었다.

"원장님, 학생들이 좀 왔나요?"

상담이 끝나자 유빈이 천막 안으로 들어갔다.

"호호, 조금 전에 나간 친구가 두 번째예요. 그래도 아무도 안 오는 것보다는 낫네요."

김이진 원장은 밝게 말했지만, 유빈의 마음은 점점 무거워졌다.

아침에 봤던 탑(The Tower) 카드가 떠오르는 건 어쩔 수 없었다.

3권에서 계속

레벨업 어게인

LEVEL UP AGAIN

잘은 모르겠지만 과거로 돌아왔다.

최단 기간, 최고 속도 레벨 업, 노블레스 등급 클리어.
생각지 못했던 행운들에 시스템상 주어지는 위대한 이름,
앰플러스 네임까지.

모든 게 좋았다.
사랑했던 여자도 이젠 지킬 수 있을 것 같았다.

[앰플러스 네임 '빛의 성웅'이 성립됩니다.]

그런데 뭐냐. 이 요상한 이름은……?
나 그런거 아닌데. 아 진짜. 아니라니까요.

포텐
POTENTIAL

어떤 사물에는 그것을 오랜 기간 사용한
사람의 잠재된 능력이 고스란히 담긴다.
그리고 난 그것을 사용할 수 있다.

천재 디자이너, 죽은 이도 살리는 명의,
감성을 울리는 피아니스트, 바람기 가득한 첩보원.
그 누구라도 될 수 있다. 단, 애장품만 있다면!

달인의 눈으로 세상을 바라보는,
유쾌한 민호의 더 유쾌한 애장품 여행기!

REBIRTH
ACE 리버스 에이스

한승현 장편소설

프로 선수 16년, 코치 6년.

가늘고 길게 평범하게만 살아왔던
특출한 것 없는 야구 인생이었다.

그때 조금만 더 열심히 할걸.
고등학교 시절로 돌아간다면,
정말 좋은 투수가 될 수 있을 텐데⋯⋯.

**후회하며 잠든 그가 눈을 떴을 때,
그는 과거로 돌아와 있었다.**

불세출의 에이스가 되기 위한
한정훈, 그의 빛나는 인생이 시작된다!